KB183284

조선인 강제동원 흔적을 찾아 떠난
오토바이 일본일주

# 길에서 역사를 만나다

**우동윤** 글·사진

조선인 강제동원 흔적을
찾아 떠난
오토바이 일본일주

# 길에서 역사를 만나다

초판인쇄 | 2024년 11월 5일
초판발행 | 2024년 11월 11일

글·사진 | 우동윤

펴낸이 | 신중현
펴낸곳 | 도서출판 학이사
출판등록 : 제25100-2005-28호
주소 : 대구광역시 달서구 문화회관11안길 22-1(장동)
전화 : (053) 554~3431, 3432 팩스 : (053) 554~3433
홈페이지 : http : // www.학이사.kr
이메일 : hes3431@naver.com



ISBN _ 979-11-5854-535-2 / 03810

* 이 책은 '대구 특화 출판산업 육성지원 사업' 에 선정·지원 받아 제작되었습니다.

조선인 강제동원 흔적을
찾아 떠난
오토바이 일본일주

우동윤 글·사진

# 길에서 역사를 만나다

學而思 | 학이사

# 차 례

## 차 례

## 책을 펴내며

오토바이를 타고 낯선 이국의 길을 달리는 것은 라이더의 꿈이다. 직선으로 끝없이 뻗어 있는 대륙의 땅을 달리거나, 하얗게 포말이 생기는 바다를 보며 해안도로를 달리거나, 아슬아슬한 산악도로를 달리는 것은 상상만으로도 매혹적이다. 고작 그렇게 달리는 꿈 하나를 쉽게 이루지 못하고 살아가는데 기회가 왔다. 그동안 미루었던 휴가를 모으니 한 달 정도의 시간이 생겼다. 드디어 가까운 일본 열도를 달릴 계획을 세우고 준비를 시작했다.

준비를 하던 중에 2025년이 광복 80주년임을 깨달았다. 단순한 관광이 아니라 의미있는 작업을 해야겠다는 생각이 들었다. 며칠간의 고민 끝에 '조선인 강제동원 흔적을 찾아 일본일주' 로 주제를 정하고, 동선과 일정을 짜며 필요한 자료를 모았다. 일본 본토 최남단인 규슈의 사타곶에서 최북단인 홋카이도의 소야곶까지, 일본 곳곳에 흩어져 있는 조선인 강제동원의 흔적을 찾아 오토바이를 타고 답사하면서 사진으로 기록하기로 했다.

퇴근하면 책과 논문, 언론 보도 등 강제동원과 관련된 자료를 찾는 데 많은 시간을 보냈다. 세상에 널리 알려지지 않았을 뿐, 조선인 강제동원의 흔적들은 일본 본토 곳곳에 널리 흩어져 있다는 사실을 자료를 수집하면서 알게 되었다. 어느 곳 하나 참혹하지 않은 곳이 없었다. 조선인 강제동원자들의 참혹했던 실상과 희생자들의 사연, 그리고 광복 이후 고향으로 돌아오지 못했던 이들이 일본에서 어떻게 살았는지 궁금했다. 이들의 고단하고 억울했던 삶을 사진으로 기록해야 한다는 사명감은 더 불타올랐다. 다큐멘터리 사진을 공부한 것이 이 작업을 하기 위해서 준비된 운명처럼 여겨졌다.

약 6개월간의 자료 조사를 마치고 일제강점기 조선인들이 부산에서 건넜던 그 뱃길을 따라 일본 시모노세키에 도착했다. 그날부터 25일 동안 오토바이를 타고 일본 전국을 답사하면서 알게 된 것은 조선인 강제동원이 1910년 한일병합 이전부터 광범위하게 이루어졌다는 사실이다. 일본은 1868년 메이지유신 이후 서구 열강을 따라잡기 위해 국가적 역량을 총동원했고, 그 결과 불과 30여 년 만에 세계가 놀랄 성과를 이루어 냈다. 그 과정에서 수많은 조선인들이 근대 국가의 기본 인프라인 철도를 놓고, 댐을 만드는 험난한 공사에 동원되었다. 조선의 노동력이 일본 근대화에 결정적인 기여를 했다는 것은 분명한 사실이다. 그 흔적과 증거들이 일본 여기저기에 남아 있음을 이번 답사를 통해 확인할 수 있었다.

이 책에서 꼭 짚고 넘어가야 할 용어가 있다. 애초 이번 기획의 제목을 '강제징용 흔적 찾아 일본일주' 로 정했다. 징용이라는 단어가 익숙했기에 깊이 생각하지 못했다. 하지만 일제강점기 조선인의 국적 문제가 논쟁이 되는 참담한 현실을 겪으면서 징용이라는 단어의 숨은 의미에 대해 숙고하게 되었다. 조선인 강제동원자에 대한 일본의 공식 표현은 징용공(徵用工)이다. 징용(徵用)이나 징병(徵兵), 징발(徵發)은 같은 국적을 가진 대상에게 쓰는 용어다. 당시 일본은 조선인에게 일본 국적을 허용하지 않았으므로 이 용어는 우리에게 매우 불합리하고 적절하지 못함에도 불구하고 별생각 없이 써온 것이다. 그래서 이 책에서는 징용 대신 강제동원이라는 용어를 썼다.

끝으로 "역사란 현재와 과거의 끊임없는 대화"라는 E.H.카의 말을 기억하면서 조선인 강제동원의 역사적 사실이 죽은 역사가 되지 않기를 바라는 마음 간절하다. 이 책이 저자의 개인적 분노 표현에 머물지 않고, 조선인 강제동원에 대해 숙고해 보는 계기가 되길 바란다. 저자의 얕은 역사 지식과 짧은 답사 시간으로 미흡한 부분이 많지만, 그런 현장들은 다시 찾아 보완할 생각이다. 출판을 제안해 준 학이사와, 방송기자 생활로 굳어진 딱딱한 문체를 부드럽게 쓸 수 있도록 도와준 천영애 시인에게 깊은 감사의 말씀을 드린다.

2024년 10월

우동윤

# 부산에서 시모노세키로

2024년 4월 27일

오전 11시, 일본 시모노세키항으로 가기 위해 부산으로 출발했다. 집에서 부산국제여객선터미널까지는 160km 정도. 고속도로를 이용하면 두 시간이 채 걸리지 않지만 고속도로를 이용할 수 없는 오토바이로 가야 하기 때문에 세 시간 이상 국도를 타야 했다. 경산과 청도, 밀양, 김해로 이어지는 시골길과 잘 다듬어진 산업도로를 번갈아 달려야 하는 길이지만 한적한 시골길을 달리는 것만으로도 이미 여행의 흥분과 설렘이 시작됐다.

오토바이나 개인 차량을 페리에 싣고 일본으로 가기 위해서는 국제운전면허증과 영문차량등록증 등의 서류를 준비해서 복잡한 통관 절차를 거쳐야 한다. 짧은 일정이라면 현지에서 대중교통을 이용하거나 차량을 렌트하는 것이 현명하지만 한 달 이상의 장기적인 일정이라면 차를 가지고 가는 것이 무조건 이득이다. 일본의 교통비는 비싸기로 악명이 높고 렌트비 또한 무시할 수 없기 때문이다. 승선 수속을 마치고 페리에 오토바이를 선적하고 나니 저녁 7시 반, 오전 11시에 집에서 출발했으니 반나절이 넘게 걸린 셈이다. 저녁 9시에 출항하는 배에서 하룻밤을 보내고 나면 일본의 시모노세키항에 도착한다. 내가 타고 가는 배는 부관페리 성희호로 현대미포조선에서 2005년에 건조한 18,000톤급 페리선이다. 부산 ↔ 시모노세키 항로에는 국내 선사인 부관페리의 성희호와 일본 선사인 캄부페리의 하마유호가 매일 번갈아 가며 운항한다.

한국 선적인 성희호와 일본 선적인 하마유호가 부산-시모노세키 항로를
매일 번갈아 운항한다.

이 항로는 1905년 9월에 개통됐다. 일본이 조선식민지배를 위해 가장 먼저 한 일이 바로 이 항로를 개통하고 관부연락선을 다니게 한 것이었다. 관부란 시모노세키(下關)의 '관'과 부산(釜山)의 '부'를 따서 만든 이름이고 연락선(連絡船)은 철도 노선을 연결한다는 의미다. 일본은 조선 침탈을 위해 도쿄에서 시모노세키로 이어지는 일본의 내륙 철도와 부산에서 경성으로 이어지는 조선의 내륙 철도를 관부연락선이란 바닷길로 연결했다. 일본은 관부연락선을 개통하기 8개월 전인

1905년 1월에 서울 영등포와 부산 초량을 잇는 경부선 철도를 개통했다. 조선 내 철도부설권은 1895년 청일전쟁에서 이긴 일본이 가장 먼저 확보한 권리로 조선식민지배를 위해 일본이 세운 치밀한 계획과 실행의 결과였다. 관부연락선은 일본이 패전한 1945년 폐업했다가 한일 국교 정상화 이후인 1970년 6월에 부관페리라는 이름으로 운항을 재개했다.

관부연락선은 1905년부터 일본 패전 때까지 무려 3천만 명 이상을 실어 날랐다고 한다. 정점은 중일전쟁이 발발했던 1937년이었다. 1937년부터 일본이 태평양전쟁에서 패한 1945년까지 8년 동안 수송한 인원이 1905년부터 1937년까지 30년 넘게 수송한 인원의 3배에 달했다고 한다. 이 기간 수많은 조선 청년들이 군인과 위안부로 끌려가 동남아시아와 중국 등지의 전쟁터에서 희생됐고 일본 전역의 탄광 등에 끌려가 가혹한 노동에 시달렸다. 조선인 강제동원의 시작이 바로 이 관부연락선이었던 것이다. 나는 식민지 조선 청년들의 한이 서린 그 항로를 따라 강제동원의 흔적을 찾는 한 달 동안의 일본일주를 시작했다.

# 1일차

2024년 4월 28일
누적 이동거리
218.9km

밤새 바다를 건넌 배가 드디어 시모노세키항에 도착했다. 하선 시간은 아침 7시 30분이다. 오토바이 통관과 입국 절차를 마치고 오전 9시에 시모노세키항을 벗어나 일본에서의 첫째 날 일정을 시작했다. 부산에서 함께 오토바이를 싣고 온 사람들은 근처 가라토 시장에서 아침을 먹는다고 했지만 나는 마음이 바빴다. 간몬해협을 건너 규슈로 이동해서 첫날 답사지인 야하타제철소와 다가와 석탄박물관, 오무타 징용희생자 위령비, 미이케탄광으로 가야 했기 때문이다.

혼슈의 남쪽 끝인 야마구치현 시모노세키에서 차를 타고 규슈로 가는 길은 두 가지가 있다. 바다 위에 놓인 간몬교를 건너는 길과 바다 밑 간몬터널을 통과하는 길이다. 나는 간몬터널을 이용하기로 했다. 1939년 착공한 간몬터널 역시 조선인 강제동원의 역사에서 빠질 수 없는 유적이지만 답사와 촬영은 뒤로 미뤘다. 일주를 마친 뒤 시모노세키항을 통해 한국으로 돌아가기 전 충분한 시간을 갖고 여유롭게 둘러보기로 했기 때문이다.

### • 야하타제철소八幡製鐵所

이번 일주의 첫 번째 답사지인 야하타제철소는 시모노세키항에서 40km 정도 떨어진 곳에 있다. 간몬터널을 통과해 규슈에 진입하면 한 시간이 채 걸리지 않는다. 자연사박물관과 대형 쇼핑몰이 자리한 공원 지구에 야하타제철소 제1 고로가 있다. 제1 고로는 포항제철의 용광로와 흡사한 외관을 가지고 있는데, 그도 그럴 것이 포항제철은 한일 국교 정상화를 대가로 일본으로부터 받은 돈과 기술로 지은 제철소가 아니던가. 그때 우리나라는 제철소를 지을 기술이 없었기 때문에 일본으로부터 돈만 받은 것이 아니라 기술까지 얻어와야 했다.

야하타제철소 제1고로. 유네스코 세계유산에 등재된
일본 메이지시대 산업유산 23곳 중 한 곳이다.

청일전쟁에서 승리한 일본이 청나라로부터 받은 전쟁 배상금으로
1901년에 지은 야하타제철소

제1 고로 견학로의 문은 굳게 닫혀 있었다. 문에는 내부에 문제가 생겨 임시로 폐쇄한다는 안내문이 붙어 있었다. 멀리서 '1901' 이라는 숫자가 선명하게 새겨진 제1 고로를 촬영하는 것으로 만족할 수밖에 없었다. 1901은 일본에게는 자랑스러운 산업유산을 상징하겠지만 우리에게는 강제동원의 역사를 알리는 비극적인 숫자다. 관영 야하타 제철소는 청일전쟁에서 승리한 일본이 청나라로부터 받은 배상금으로 1901년 지은 일본 최초의 제철소다. 군함도와 함께 일본이 자랑하는 메이지시대 산업유산으로 유네스코 세계유산에 등재된 23곳 중 한 곳이기도 하다. 메이지유신 이후 일본은 근대화에 모든 역량을 쏟아부었고, 근대화에 성공하면서 급격하게 군국주의의 길로 접어들었다. 근대화를 위해 갈고닦은 기술은 현대식 무기 등 전쟁 물자의 개발과 생산에 투입됐다. 1937년 중일전쟁을 전후로 야하타제철소는 군함과 비행기, 포탄 등 전쟁 물자에 필요한 철강을 집중적으로 생산했고 이 기간 조선인 6,000여 명이 끌려와 강제노동에 시달렸다.

야하타제철소의 입지는 한눈에 보기에도 완벽했다. 바다와 연결되어 있는 데다 제철소 인근의 대규모 탄광지대인 치쿠호와 미이케에서 석탄을 안정적으로 공급받을 수 있었기 때문이다. 규슈는 홋카이도와 함께 일본에서도 석탄 매장량이 가장 풍부한 지역으로 태평양전쟁 당시 일본 전체 석탄 채굴량의 절반 이상을 차지할 만큼 군국주의 일본의 경제적, 산업적 바탕이 됐던 곳이다. 치쿠호는 후쿠오카현의 가운데 위치한 지역으로 우리에게는 망언 제조기로 유명한 아소 다로 전 일본 총리의 지역구에 속한다. 아소 전 총리의 증조부인 아소 다키치는 태평양전쟁 당시 수많은 조선인을 강제동원했던 아소 탄광의 창업주다. 아소 전 총리가 숱한 망언으로 한일 관계에 악영향을 끼쳤고 피해자와 유족들에게 깊은 상처를 준 것을 생각하면 매듭짓지 못한 과거는 끊임없이 현재를 압박한다는 사실을 다시 한번 깨닫게 된다.

### • 다가와 석탄기념공원田川市石炭記念公園

다가와 석탄기념공원 내
외딴 언덕에 있는
조선인 징용희생자 위령비

지하 탄광으로 인력과 물자를 운반했던 권양기.
다가와 석탄기념공원은 치쿠호 탄전의 최대 탄광이었던 미쓰이탄광의
흔적을 야외 박물관으로 꾸며 놓았다.

권양기의 동력인 증기 기관의 보일러에 사용됐던 대형 굴뚝

미쓰이탄광에서 채굴된 석탄을 실어 날랐던 증기 기관차

다가와 석탄기념공원은 미쓰이(三井)탄광의 흔적을 보존하고 있는 곳이다. 지하 갱도로 사람과 물자를 실어 나르던 대형 권양기가 있고, 권양기에 동력을 공급하던 증기 기관의 보일러 굴뚝 2기가 남아 있다. 탄광에서 캐낸 석탄을 실어 날랐던 증기 기관차와 당시 노동자들이 살았던 숙소 건물도 옛 모습 그대로 보존돼 쓸쓸함을 더하고 있다. 1931년부터 일본이 태평양전쟁에서 패한 1945년까지 아소탄광, 미쓰이탄광 등 치쿠호 일대의 120여 개가 넘는 탄광에 동원된 조선인은 15만 명이 넘고 이 중 2만 명이 희생된 것으로 전해진다. 이들의 넋을 위로하기 위한 한국인 징용희생자 위령비가 공원 내 외딴 언덕에 세워져 있다. 위령비는 당시 일본 사회에서 소외되고 착취당했던 조선인의 실상을 말해 주는 듯하다. 주류 사회에 편입되지 못하고 아웃사이더로 살아야 했던 사람들, 강제노동과 억압, 착취에 항의하지 못하고 울분을 삼켜야 했던 조선인의 비애가 그 위령비에 스며 있는 듯해 마음이 숙연해졌다.

## • 미이케탄광三池炭鉱

다가와 석탄기념공원에서 미이케탄광까지는 100km, 차로 2시간 정도 거리다. 오전 9시에 시모노세키항을 나와서 길을 서둘렀지만 아무래도 마음이 급했다. 한 달이 채 안 되는 기간에 규슈에서 홋카이도까지, 일본 최남단에서 최북단까지 돌아봐야 하는 만큼 첫날부터 일정에 차질이 생기면 안 되기 때문이다. 편의점에서 삼각김밥과 캔커피로 간단하게 아침 겸 점심을 해결하고 부지런히 달렸다. 비가 내리지 않는 것이 무엇보다 다행이라면 다행이었다.

미이케탄광. 유네스코 세계유산에 등재된 일본 메이지시대 산업유산 23곳 중 한 곳이다.

미이케탄광은 야하타제철소와 함께 일본 메이지 산업유산 23곳에 속한다. 앞서 답사한 다가와 석탄박물관과 함께 미쓰이그룹에 속해 있다. 탄광이 있는 마을 입구에서부터 메이지 산업유산임을 알리는 홍보물들이 줄지어 늘어서 있다. 관람료는 무료, 마을 노인들이 안내 자원봉사를 하고 있어서 나보다 먼저 온 일본인 커플과 함께 자원봉사자의 설명을 들었다. 당시 탄광의 규모와 생산성, 기술 등에 대한 길고 지루한 설명이 이어졌지만 조선인 강제동원에 대한 내용은 없었다. 미이케탄광과 석탄을 운송하던 인근 미이케항에는 태평양전쟁 당시 조선인 9,200여 명이 강제동원됐지만 그들의 설명 어디에서도 조선인에 대한 이야기를 들을 수 없었다.

미이케탄광은 대형 권양기와
탄광 시설 일부를 보존하고 있지만 조선인 강제동원에
대한 그 어떤 설명도 찾아볼 수 없다.

미이케탄광 징용희생자 위령비.
탄광에서 8km 떨어진 아마기산 공원에 세워져 있다.

## • 오무타 징용희생자 위령비大牟田市徵用犧牲者慰靈碑

유네스코가 일본의 메이지 시대 산업유산 23곳을 세계기록유산에 등재한 것은 2015년이다. 이 가운데 군함도, 야하타제철소, 미이케탄광 등 7곳에는 조선인 강제동원의 역사가 뼈아프게 새겨져 있었던지라 한국의 거센 반발은 당연한 것이었다. 당시 일본의 유네스코 대사는 강제동원 사실을 인정하고 이에 대한 정보센터를 설치하는 등의 조치를 취하겠다고 약속했지만 지키지 않고 있음을 현장에서 확인할 수 있었다.

미이케탄광의 조선인 희생자들을 기리기 위한 위령비는 후손들에 의해 광복 50년이 지난 1995년에야 세워졌다. 메이지 산업유산인 미이케탄광은 유네스코의 기금을 지원받아 관광객을 맞이하고 있지만 그곳에 조선인 희생자들을 위한 위령비는 허락되지 않았다. 결국 위령비는 미이케탄광에서 8km 떨어진 아마기산에 세워질 수밖에 없었다. 위령비 옆에는 당시 조선인 징용자들의 숙소 벽에 씌어진 낙서를 옮겨 놓은 비석이 있어 후손들의 심금을 울리고 있다. 이 비석에 2015년 10월, 일본 우익들이 검은색 스프레이로 낙서를 하는 사건이 있었다. 거짓말이라는 뜻의 'うそ(우소)'라는 글자로 조선인들의 아픔을 새긴 비석에 테러를 한 것이다. 일본 우익들의 역사 부정과 왜곡, 혐한 선동은 일본 정부의 묵인 속에 지금도 계속되고 있다.

당시 조선인들이 숙소 벽에 쓴 낙서를 옮겨 놓은 비석.
지난 2015년 일본 우익들이 이 비석에 낙서 테러를 했다.

# 2일차

2024년 4월 29일
누적 이동거리
553.8km

• 사타곶佐多岬

아침부터 제법 많은 비가 내렸다. 구마모토현 히토요시시에 있는 오코바역을 답사할 계획이었지만 쏟아지는 비로 인해 차질이 생겼다. 오코바역은 산속에 있어 빗길에 오토바이를 타고 가기에는 너무 위험하다고 판단했다. 그렇다고 아무 일도 하지 않고 하루를 그냥 보낼 수는 없어 일본 본토의 최남단인 사타곶으로 방향을 잡았다. 애초 일본 최남단을 시작으로 최서단, 최동단, 최북단 지점을 돌며 조선인 강제동원의 흔적을 답사할 계획이었지만 그러기에 한 달이라는 기간은 너무 짧았다. 그래서 아쉽지만 최남단에서 최북단까지 가는 것으로 계획을 수정해야만 했다. 호텔에서 사타곶까지는 269km, 국도로 가면 6시간 정도가 걸리지만 고속도로를 이용하면 2시간을 단축할 수 있다. 시간도 시간이지만 비가 내리고 있어 국도보다 더 안전한 고속도로를 이용하기로 했다. 고속도로가 더 위험하다고 생각하겠지만 이륜차를 먼저 배려하는 일본의 교통문화 덕분에 안전속도만 준수하면 고속도로가 훨씬 더 안전하다. 다만 우리나라의 서너 배에 이르는 통행료는 감수해야 한다.

고속도로를 빠져나와 사타곶 근처에 가니 다행히 비가 그치고 햇살이 비쳤다. 일본 최남단 국도 휴게소인 미치노에키에서 점심을 먹고 비에 젖은 옷을 말리며 잠시 쉬었다 가기로 했다. 휴게소 앞으로는 야자수가 있는 남국의 해변이 아름답게 펼쳐져 있었다. 일본은 크게 규슈, 시코쿠, 혼슈, 홋카이도 4개의 섬과 6,800여 개의 크고 작은 섬들이 남에서 북으로 길게 이어진 나라다. 혼슈 등 4개의 섬을 본토라고 부르는데 가고시마현에 위치한 사타곶은 일본 본토의 가장 남쪽 지점이다. 여기서부터 일본 최북단인 홋카이도의 소야곶까지 북상을 시작할 것이다. 나는 왜 일본의 최남단, 최북단에 이토록 집착하고 있을까.

그동안 나는 조선인 강제동원이 중일전쟁이 발발한 1937년부터 태평양전쟁이 끝난 1945년까지 자행된 일본의 전쟁 범죄로 알고 있었지만, 답사를 위해 자료를 조사하면서 그것만이 아니라는 사실을 알게 됐다. 1868년 메이지유신 이후 일본은 국가적 역량을 총동원해 놀라우리만큼 짧은 시간에 근대화, 산업화를 이뤄 냈다. 메이지유신 이후 33년 만에 야하타제철소를 세워 철강을 생산한 나라가 바로 일본이다. 이 제철 기술을 바탕으로 철도, 건설, 토목, 수리 등 각종 사회 기반시설이 일본 전역에 만들어지면서 일본은 아시아에서 가장 먼저 근대화에 성공한 나라가 됐다. 당시 조선은 일본에게 값싼 노동력을 끊임없이 제공하는 나라일 뿐이었다. 강제동원의 역사는 중일전쟁, 태평양전쟁 훨씬 이전에 시작됐고, 조선인 강제동원은 세계 각지의 전쟁터뿐만 아니라 일본 땅에서도 이뤄졌던 것이다. 그래서 나는 일본이라는 나라의 가장 남쪽에서 가장 북쪽까지 직접 가서 눈으로 확인하고 또 기록하고 싶었다.

일본 최남단 사타곶으로 가는 길.
흐린 날씨였지만 남국의 풍경이 아름다웠다.

일본 본토 최남단 사타곶 표지석

사타곶에 도착하니 월요일임에도 불구하고 일본 전국에서 온 오토바이와 차들이 꽤 많이 보였다. 주차를 하고 나니 낯선 한국 번호판과 '일본일주중' 이라는 글자가 붙어 있는 내 오토바이에 관심을 보이는 사람들이 많았다. 어제 시모노세키에 도착해 일주를 시작했다고 하니 안전하게 일본일주에 꼭 성공하길 바란다는 덕담들을 해줬다. 계획대로 일본 최남단인 사타곶을 시작으로 최북단인 홋카이도의 소야곶을 향해 본격적인 일본일주를 시작했다.

사타곶에서 소야곶까지 2,900km. 일본 최북단의 땅으로 향하는 길에 나서니 걱정과 두려움보다는 기대와 설렘이 더 컸다. 앞으로의 여정에서 어떤 풍경과 사람들이 나를 기다리고 있을까. 무엇보다 일본 구석구석에 남아 있는 조선인 강제동원의 흔적들을 찾아 기록해야 한다는 사명감에 가슴이 뜨거워짐을 느꼈다.

# 3 일차

2024년 4월 30일
누적 이동거리
938.5km

• 오코바역大畑駅

간밤에 비가 내렸지만 다행히 아침에는 구름 사이로 살짝 파란 하늘이 보였다. 가고시마현의 가노야라는 작은 도시의 주택가 호텔에서 풍성한 저녁과 아침 식사를 포함해 우리 돈 9만 원 정도를 내고 휴식을 취했다. 주택가 호텔이어서 원래 저렴한 데다 엔저 효과를 톡톡히 누릴 수 있었다. 오늘 답사지는 어제 비 때문에 가지 못했던 구마모토현 히토요시시의 오코바역이다. 호텔에서의 거리는 130km로 꽤 먼 길이었지만 한적한 일본 남쪽의 시골길을 여유롭게 달릴 수 있는 길이기도 했다. 일본 남쪽의 풍광을 즐기면서 오코바역에 도착했다.

1903년 완공된 히사츠선 건설 공사는 조선인들이 일본 내 철도 공사에 동원된 최초의 사례로 알려져 있다.

규슈여객철도 히사츠선의 철도역인 오코바역

오코바역 철도공사중 순난병몰자 추도기념비

오코바역은 이번 일주에서 매우 중요한 곳이다. 오코바역이 속한 히사츠선은 구마모토현에서 가고시마현을 잇는 124km의 철도 노선으로 당시 규슈 남부 지역 교통의 핵심이었다. 1901년에 시작돼 러일전쟁 때 잠시 중단됐다가 1909년에 끝난 이 공사에 조선인 노동자 150명이 동원됐다. 이것이 조선인이 일본 철도 공사에 취업한 첫 사례로 알려져 있다. "강제동원이 아니라 자발적인 취업"이라는 일본의 오리발 논리가 여기서 시작된 셈이다. 1910년 한일병합 이전 일본은 막대한 자본을 투입해 조선의 경제 기반을 야금야금 무너뜨리기 시작했다. 일본에 의해 땅을 빼앗긴 조선의 농민들이 대거 일본으로 팔려 갔고, 이들이 일본 근대화의 가장 밑바닥에서 값싼 노동력을 제공했다. 먼저 식민지의 경제 기반을 무너뜨리고 그로 인해 생업을 잃은 하층민들을 싼값에 고용한 뒤 착취하는 방식은 당시 제국주의 열강들의 고전적인 수법이었고 일본 역시 그 수법 그대로 조선에 적용했던 것이다. 그렇다면 당시 철도 공사에서 일했던 조선인들은 자발적인 취업자일까, 강제동원 노동자일까.

일본은 올해(2024년) 새로운 만 엔권을 발행해 사용하기 시작했다. 새로운 만 엔 지폐의 주인공은 시부사와 에이이치라는 은행가로 일본 자본주의의 아버지라 불리는 인물이다. 시부사와는 한일병합 전인 1902년 당시 일본 제일은행이 발행한 지폐를 대한제국에 유통시키는 등 조선의 경제 침탈에 앞장섰다. 땅을 잃은 조선인들이 일자리를 찾아 어쩔 수 없이 일본으로 갈 수밖에 없도록 만든 바로 그 인물이다. 일본 돈을 일본 마음대로 하는 것을 우리가 어찌할 수는 없는 일이다. 하지만 일본은 과거나 지금이나 식민지배의 역사에 대해 사과와 반성은커녕 조선 경제침략의 원흉을 최고액권 지폐의 얼굴로 사용할 만큼 뻔뻔하고 당당한 태도로 일관하고 있다. 그런데 역대 우리 정부는 늘 외교적 파장 운운하며 일본의 눈치를 보고 있지 않은가. 특히 홍범도 장군 흉상 이전과 광복절 부정, 일제강점기 국적 논란 등 최근 우리나라에서 벌어지고 있는 일련의 사건과 논쟁을 보면 참담하다는 감정밖에 느껴지지 않는다.

2024년부터 통용되는 일본의 새 만 엔권 지폐

오코바역은 히토요시 시내를 한참 벗어난 산속에 있다. 2020년 구마모토 서남부를 강타한 폭우로 오코바역을 지나는 구간의 열차 운행이 중단되면서 폐역이 됐다. 오코바역에는 세월의 흔적이 묻어있는 역사와 증기 기관차 시절 사용했던 급수탑이 옛 모습 그대로 남아 있다. 철도 사랑이 각별한 일본에서도 유명한 역이라서 관광객들의 방문이 잦은 곳이다.

히사츠선의 수많은 역 중에서 오코바역이 중요한 이유는 철도 공사 중 숨진 조선인을 위한 위령비가 있기 때문이다. 위령비는 당시 건설사인 하자마구미가 1908년에 세웠다. '철도공사중 순난병몰자 추도비' 라는 다소 생소한 이름의 위령비는 급수탑 맞은편 철로 건너에 있다. 안내판이 없는 데다가 수풀에 가려 잘 보이지 않아 한참을 헤맨 뒤에야 겨우 찾을 수 있었다. 추도비 뒷면에는 희생자 14명의 이름이 새겨져 있고 조선인 1명의 이름도 새겨져 있다고 하지만 훼손이 심해 정확히 식별할 수 없었다. 위령비 바로 옆에는 철제 바퀴 두 개가 놓여 있는데 크기로 봐서 열차에 사용된 바퀴는 아닌 것 같지만 따로 설명이 없어 정확한 용도는 짐작하기 어려웠다. 거대한 철제 바퀴의 무게만큼이나 추도비의 의미도 무겁다고 느낄 뿐이었다.

건설사 하자마구미는 1903년 조선에 진출해 경성에 영업소를 차리고 경부선 철로와 한강교 등의 공사에 참여했다. 당시 잦은 임금 체불과 노동자 폭행 사건이 신문에 심심찮게 보도될 정도로 악명 높은 회사였는데 조선에서의 행태를 보면 일본에서 조선인 노동자들을 어떻게 대했을지 짐작하기는 어렵지 않다. 조선이 일본의 식민지가 되기 훨씬 전부터 조선의 청년들은 낯선 일본의 철도 공사 현장에서 혹독한 노동과 식민지 백성의 수모를 견뎌내야 했다는 사실을 오코바역이 증명하고 있다.

오코바역의 위령탑을 뒤로하고 기리시마야쿠국립공원의 고원을 넘어 아소쿠쥬국립공원으로 향했다. 일본 라이더들의 성지 가운데 한 곳인 아소산 라이딩을 기대했지만 날씨 때문에 포기해야 했다. 오늘 하루 머물 곳은 온천 휴양지로 유명한 오이타현 벳푸시다. 벳푸로 가는 이유는 휴양을 위해서가 아니라 내일 오전 페리를 타고 규슈를 떠나 시코쿠로 가야 하기 때문이다.

# 4 일 차

2024년 5월 1일
누적 이동거리
1084.2km

## • 츠가댐津賀ダム

오이타현 벳푸항에서 다음 목적지인 에히메현 야와타하마항까지는 뱃길로 3시간 정도 걸린다. 오전 9시 페리를 타고 야와타하마항에 도착하니 12시 반이 되었다. 호텔을 예약하는 것이 급선무였다. 한 달 동안의 일정이라 미리 호텔을 예약할 수 없어 매일 다음 날 일정을 확인한 뒤 호텔을 예약했는데 어제는 마땅한 호텔을 찾지 못했다. 야와타하마항 관광 안내소에 가서 츠가댐 인근에 있는 호텔이나 민박을 알아봐 줄 수 있냐고 부탁했더니 직원 세 분이 모두 일손을 멈추고 알아봐 주었다. 그분들의 도움으로 항구에서 꽤 멀리 떨어진 호텔 한 곳을 예약하고 츠가댐 답사에 나섰다. 숙소를 구했으니 한결 가벼운 발걸음이었다.

높이 41m, 길이 145m의 츠가댐은 고치현에서 에히메현으로 전력을 보내기 위해 1941년 착공한 수력발전댐이다. 전쟁으로 공사가 지연됐다가 1951년 완공됐는데, 공사에는 수많은 조선인이 동원됐다고 전해지고 있었다. 그러던 중 당시 댐 시공사인 호리우치구미가 정부 보고용으로 작성한 문서가 발견됐는데 여기에는 조선인으로 추정되는 인부 6백여 명의 이름이 기록돼 있었다. 추정이라는 표현을 쓴 것은 조선인의 성에 글자 한 자를 더 붙여 일본식 이름으로 표기한 기록 때문이다. 이를테면 김씨 성 뒤에 '본' 자를 붙여 김본(金本), 일본 발음으로 가네모토로 표기하는 식이다. 이처럼 창씨개명 수준의 명단 기록은 츠가댐뿐만 아니라 당시 조선인 강제동원과 관련된 여러 자료에서 발견되고 있다.

시코쿠로 이동하기 위해
고베 여객선 터미널에서 페리를 탔다.

츠가댐.
고치현에서 에히메현으로 전력을 공급하기 위해 1941년 착공한
수력발전용 댐이다.

츠가댐의 조선인 강제동원은 현지 고등학생들의 노력으로 세상에 알려졌다. 고치현 서부 하타 지역의 8개 고등학교 연합 동아리인 '하타제미'가 1990년 츠가댐 공사에 조선인들이 강제동원됐다는 사실을 밝혀낸 것이다. 이후 20년 넘게 조사가 이어졌고 지역시민사회와 지방자치단체 등의 공감을 이끌어내 2009년 츠가댐 평화기념비가 세워질 수 있었다. 특히 하타제미 동아리는 한국의 고등학생들과 교류하며 츠가댐 희생자들의 넋을 위로하고 평화를 기원하는 행사를 해마다 열고 있다고 한다. 학생들의 진실을 향한 노력을 알고 나니 얽히고설킨 한일 관계는 대부분 두 나라의 정치적 이해 관계에서 비롯된 것이라는 생각이 들었다.

그런데 아무리 찾아봐도 츠가댐 평화기념비가 보이지 않았다. 당연히 츠가댐 근처에 있을 것이라고 생각하고 자료 조사를 게을리한 탓이다. 1시간 가까이 츠가댐 근처를 찾아봤지만 도저히 찾을 수 없었다. 해가 지고 있었고 다시 비까지 내리기 시작했다. 더 이상 지체했다가는 오토바이를 타고 산길을 내려갈 자신이 없어 평화기념비 촬영을 포기해야만 했다. 조선인 강제동원의 흔적을 찾아 시작한 일본일주를 이번 한 번으로 끝내지 말라는 뜻으로 받아들였다. 일부러라도 기회를 만들어 다시 올 것이라 기약하며 츠가댐을 떠났다.

# 5일차

2024년 5월 2일
누적 이동거리
1364.2km

• 고치현 가쓰라하마공원 사카모토 료마 동상

시코쿠는 일본 본토 4개 섬 중에서 가장 작다. 요즘 관광지로 인기를 얻고 있는 에히메현, 고치현, 우동으로 유명한 카가와현 등이 시코쿠에 속해 있다. 산이 대부분인 시코쿠에는 오토바이 라이딩 코스로 유명한 산길도 많다. 시코쿠에서 오토바이 라이딩을 즐기며 하루를 더 머물고 싶었지만 날씨 때문에 하룻밤만 머문 뒤 혼슈로 이동하기로 했다. 혼슈로 가기 전 시코쿠 남쪽에 위치한 고치현에 들렀다. 고치현은 사카모토 료마(坂本龍馬)의 고향이다.

사카모토 료마는 일본 막부 말기의 사무라이로 메이지유신 성공에 결정적인 역할을 한 인물이다. 료마는 1867년 도쿠가와 막부의 15대 쇼군인 도쿠가와 요시노부가 메이지 천황에게 통치권을 반납한다고 선언한 사건인 대정봉환(大政奉還) 1개월 후에 교토의 한 여관에서 암살됐다. 그의 일대기는 일본의 소설가인 시바 료타로에 의해 『료마가 간다』라는 소설로 재구성됐다. 료마는 이 소설로 지명도가 올라 에도 막부 말기의 풍운아로 일컬어지게 됐고 일본 사람들이 가장 좋아하는 역사적 인물이 됐다.

사카모토 료마는 1836년 지금의 고치현인 도사번에서 하급 무사의 신분으로 태어났다. 료마가 18세이던 1854년 일본은 미국 흑선에 의

사카모토 료마. 메이지유신 성공에 결정적인 역할을 했다.

해 강제로 개항한 뒤 서구 열강의 위협에 전전긍긍하던 존왕양이의 시대였다. 존왕, 즉 천황을 받들자는 주장은 당시 실권을 쥐고 있던 도쿠가와 막부에 대한 저항이었다. 결국 도쿠가와 막부가 권력을 내려놓은 대정봉환을 통해 메이지 천황을 중심으로 한 중앙집권 체제가 성립됐는데 이것이 메이지유신이다. 도쿠가와 막부에 가장 거세게 저항했고 결국 메이지유신을 성공시킨 세력은 지금의 야마구치현 일대인 조슈번과 가고시마현 일대인 사쓰마번이다. 원수지간이나 다름없던 두 세력의 협력, 이른바 삿초동맹을 이끌어낸 인물이 바로 사카모토 료마다. 일본이 메이지유신 성공을 동력 삼아 근대화에 성공했고 그 힘을 바탕으로 결국 군국주의로 빠지게 됐으니 료마가 우리에게는 불행했던 역사의 단초를 제공했다고 생각하면 지나친 비약일까.

츠가댐 답사를 마치고 하룻밤을 묵었던 시만토조의 호텔에서 시코쿠 남쪽 해안 도로를 따라 고치현으로 향했다. 해안도로에는 남국의 정취가 가득했다. 평일 오전 느긋하게 라이딩을 즐기며 한 시간 정도를 달려 사카모토 료마의 동상이 있는 고치현 가쓰라하마공원에 도착했다. 평일임에도 불구하고 공원은 이미 수많은 관광객들로 가득했다. 전국에서 버스를 타고 온 단체 관광객이 대부분이어서 사카모토 료마의 인기를 실감할 수 있었다. 가쓰라하마공원의 언덕 위에 사카모토 료마 동상이 태평양을 내려다보고 있었다. 미국의 흑선이 일본을 위협했던 막부 말기, 이 젊은 사무라이는 태평양을 바라보며 어떤 꿈을 꾸었을까. 자신이 목숨을 바쳐 실현시킨 메이지유신으로 부국강병해진 조국이 이웃 나라 국민들에게 씻을 수 없는 상처와 아픔을 주었다는 사실을 그는 어떻게 평가할까.

## • 가메지마산 지하 공장터 龜島山地下工場趾

시코쿠에서 혼슈로 넘어갈 때는 세토대교를 건넜다. 세토대교는 1978년 착공해서 1988년 개통된 길이 13km의 거대한 해상 교량이다. 세토대교를 건너면 바로 혼슈의 오카야마현에 닿는다. 오카야마현 쿠라시키시는 에도시대의 거리를 보존해 놓은 미관지구로 유명한 관광도시지만 태평양전쟁 당시에는 각종 군수물자를 생산하던 공업지대였다. 지금도 미즈시마 콤비나트로 불리는 서일본 최대 공업지역이다. 쿠라시키시 외곽의 야트막한 가메지마산은 태평양전쟁 당시 미쓰비시의 전투기 부품 생산 공장이 있던 곳이다. 일본 본토 공습에 나선 미국이 군수 시설들을 폭격하자 위기를 느낀 일본 군부는 소개령을 내려 전국의 주요 군수 시설들을 지하에 건설했는데 가메지마산 지하 공장도 그중 하나였다. 현재까지 남아 있는 지하 공장은 길이 2km, 폭 7m, 높이가 4m에 이른다. 지하 공장 건설에 적지 않은 조선인들이 가장 위험한 작업인 공사 선두의 발파와 굴착 작업에 동원됐다. 당연히 희생도 많았을 테지만 정확한 자료는 전해지지 않고 있다.

세토대교.
총연장 13.1km로 1978년 착공해 1988년 완공됐다.

일본은 태평양전쟁 말기 가메지마산에 땅굴을 파고
미쓰비시 전투기 부품공장을 만들었다.

다만 가메지마산 입구에 세워진 안내판에 조선인들이 주로 발파, 굴착 작업에 동원됐다는 사실이 기록돼 있을 뿐이다. 이 지하 공장은 지역 시민단체가 관리하고 있는데 다른 출입구는 봉쇄됐고 서쪽 출입구만 남아 있어 1년에 한 번 일반에 공개하고 있다고 한다.

가메지마산 지하 공장의 비

### • 한국·조선인 강제연행노동희생자 위령비
韓国·朝鮮人强制連行勞動犠牲者慰靈碑

가메지마산 지하 공장에서 조금만 걸어가면 민단 쿠라시키지부 건물이 있다. 건물 뒤편 주차장에 1996년 민단이 세운 '한국·조선인 강제연행노동희생자 위령비' 가 있다. 민단 건물이 있는 곳은 해방 이후 형성된 조선인 집단 거주지역이었다. 대규모 공업지대였던 만큼 일자리가 많았고 해방된 조국으로 돌아가지 못한 조선인들이 하나둘씩 모여 살기 시작하면서 마을을 이뤘던 곳이다. 민단 관계자에게 물어보니 지금은 집단 거주지역의 흔적은 대부분 사라졌고 1세대들도 대부분 돌아가셨다고 한다.

답사 일정을 마치고 자료를 정리한 뒤 호텔 바로 뒤에 있는 야키니쿠집에서 저녁을 먹었다. 카운터석밖에 없는 아주 작은 식당이었다. 야키니쿠(焼肉)는 한국의 불고기가 건너간 것이라는 말이 있지만 이는 틀린 말이다. 야키니쿠는 해방 이후 고국으로 돌아가지 못한 재일조선인의 음식으로 일본인이 먹지 않고 버리는 소와 돼지의 내장에 양념을 발라 구워 먹었던 호르몬 야키니쿠가 원조다. 호르몬(ホルモン)은 일본어로 '버리는 것' 이라는 의미다. 식당 주인은 나와 같은 연배의 재일교포다. 한국에서 왔다고 하니 한국말로 반갑게 인사를 했다. 할아버지 때부터 일본에서 살았다고 한다. 아마도 조선인 강제동원자의 후손으로 짐작된다. 광복 이후 80년의 세월이 흐르는 동안에도 강제동원의 역사는 이렇게 일본 땅에서 이어져 오고 있다.

한국·조선인 강제연행노동희생자 위령비.
민단 쿠라시키지부 건물 주차장에 세워져 있다.

# 6일차

2024년 5월 3일
누적 이동거리
1723.7km

## • 아마루베철교余部橋梁

오늘은 혼슈의 허리를 가로질러 우리의 동해 쪽으로 가는 날이다. 목적지는 효고현 북쪽에 있는 아마루베철교다. 해안선에 건설된 이 철교는 높이 41m, 길이 290m로 1909년 12월에 착공됐는데 당시 일본에서 가장 높은 철교였다고 한다. 공사에는 조선인 3,000여 명이 동원됐는데 앞서 답사한 구마모토현 오코바역과 비슷한 시기에 건설됐으니 대부분 취업자였을 것이다. 공사는 사시사철 불어오는 강풍과 한겨울에 내리는 폭설, 험준한 지형 등으로 난공사 중의 난공사였다고 한다. 당시 일본인 감독관은 권총을 차고 조선인 노동자들을 감시했다고 하니 취업이었다고는 해도 자유가 없는 강제노동이었을 것이라 짐작하기는 어렵지 않다.

콘크리트 교량이 새로 건설되면서
옛 철로는 일부만 보존하고 있다.

아마루베철교.
건설 당시 일본에서 가장 높은 철도 교량으로 기록됐다.

바다에 접해 있어 사시사철 불어오는 강풍으로
난공사 중의 난공사였다고 한다.

## • 철도공사중 순난병몰자 초혼비 鐵道工事中殉難病沒者招魂碑

화창한 금요일에 찾아간 아마루베철교는 관광객들로 북적였다. 새 콘크리트 다리가 세워지면서 철교는 2010년 7월에 폐쇄됐고 대신 '하늘의 역'이라는 애칭이 붙은 관광 명소가 됐다. 당시 철제 트러스트 구조의 일부가 남아 있고 엘리베이터를 통해 철교 위로 올라갈 수 있도록 해놓았다. 이 철교의 존재는 외교부에서 2001년도에 펴낸 『일본 속의 한국 사적』이라는 간행물에서 찾았다. 간행물에는 공사 중 숨진 조선인 7명을 위한 초혼비가 공사장에서 가까운 하마사카초의 하치만

아마루베 철도공사중 순난병몰자 초혼비는
누가 언제 세웠을까.

신사에 모셔져 있다고 기록돼 있었다. 그러나 이 정보만을 가지고 초혼비의 위치를 찾기란 쉽지 않았다. 구글맵을 검색해 보니 하마사카초에는 하치만 신사가 없었다. 하치만(八幡)이라는 이름의 신사는 일본 어디에서나 볼 수 있을 정도로 흔한 데다 아마루베철교 근처에도 여러 곳이 있었지만 정작 하마사카초에는 없었기 때문이다. 구글맵의 스트리트뷰 기능 등을 참고해서 범위를 좁힌 결과 아마루베철교에서 10km 정도 떨어진 신사 한 곳을 특정했다. 그곳에 가보고 초혼비가 있으면 촬영하고 없으면 포기할 마음이었다. 설령 그곳이 맞다고 하더라도 경내에 들어가서 촬영을 할 수 있을지도 확실치 않았지만 일단 가보기로 했다.

바다를 벗어나 산속의 좁은 길로 접어들자 멀리 길가에 신사의 상징인 도리이가 보였다. 도리이 맞은편에 오토바이를 세우니 도리이에서 조금 떨어진 곳에 비석이 하나 보였다. 제대로 찾아온 것인가 싶어 반가운 마음에 뛰어가 보니 '철도공사중 순난병몰자 초혼비' 라고 새겨져 있고 뒷면에는 조선인 희생자 7명의 이름이 또렷하게 새겨져 있다. 아마루베철교 공사에서 희생된 조선인들의 넋을 위로하기 위한 비석이 틀림없었다. 마치 보물을 찾은 것처럼 뛸 듯이 기뻤다. 차분하게 마음을 가라앉히고 초혼비 이곳저곳을 사진에 담았다. 이 초혼비는 누가 언제 세웠을까. 세운 지 수십 년은 돼 보이는 초혼비를 보니 궁금한 것이 하나둘씩 꼬리를 물고 머릿속을 맴돌았다. 3년 동안의 공사 기간

조선인 7명의 이름이 또렷하게 새겨져 있는
초혼비 뒷면

한국에서 가져온 듯한 소주병이 놓여 있었다.

중 희생된 조선인이 어디 7명뿐이겠는가. 아마루베철교 조선인 노동의 진실은 과연 무엇일까. 위령비 앞 제단에는 색이 바래고 찢어진 상표가 붙은 익숙한 모양의 병이 하나 놓여 있었다. 조심스럽게 살펴보니 한국산 소주병이었다. 상태를 보니 여기에 놓인 지 상당히 오랜 시간이 지난 듯했다. 이 소주병을 두고 간 사람은 과연 누구였을까. 이국 땅에서 희생된 조선인들을 가엽게 여긴 일본 사람이었을까, 아니면 나처럼 한국에서 온 참배객이었을까.

• 우키시마호浮島丸 폭침 사건 순난의 비

쓸쓸하고 숙연했던 아마루베철교와 초혼비 답사를 마치고 나니 시간이 조금 남았다. 근처 호텔에 묵을 수도 있었지만 홋카이도까지 가려면 부지런히 이동해야 했다. 남은 시간 등을 고려해서 120km 떨어진 교토부 마이즈루시에 있는 호텔을 예약했다. 마이즈루시는 우키시마호 폭침 사건의 현장이다. 패전 이후 일본은 조선인들을 돌려보내기 위해 오사카와 오키나와를 오가던 상선 우키시마호를 징발했다. 조선인 5,000여 명을 태운 우키시마호는 1945년 8월 21일 혼슈 최북단 아오모리현의 오미나토항을 출항해 부산으로 향했다. 출항 사흘 뒤인 24일 우키시마호는 갑자기 방향을 마이즈루항으로 바꾼 뒤 마이즈루항 앞바다에서 폭발, 침몰해 조선인 5천여 명이 숨졌다.

이 사건에 대해 일본 정부는 지금까지도 전쟁 당시 미군이 뿌려놓은 기뢰에 의한 폭발이라고 주장하고 있다. 하지만 유족들과 현지 시민단체, 민간 전문가 등은 선체의 훼손 형태, 선장을 비롯한 승무원들이 폭발 전 탈출했다는 점 등을 근거로 끈질기게 진상 규명을 요구하고 있다. 한국 정부도 외교적 파장이 우려된다며 침묵하는 사이 유족들의 지루한 소송전만 계속되고 있다.

우키시마호 순난의 비.
1978년 마이즈루 시민들에 의해 세워졌다.

우키시마호 폭침 현장

순난의 비는 우키시마호가 침몰한 바다 바로 앞에 있었다. 치마 저고리를 입고 아이를 안은 어머니와 울부짖는 조선 청년을 형상화한 순난의 비는 1978년 마이즈루 시민들과 기독교인, 조총련 등에 의해 세워졌다. 순난의 비뿐만 아니라 일제강점기 조선인 강제동원과 위안부에 관한 역사는 대부분 일본인들에 의해 알려지고 기념되어 왔다. 이들의 노력이 없었다면 일본 곳곳에 남아 있는 비극의 흔적은 이미 사라지고 잊혔을 것이다. 그 역사의 흔적을 찾아 기록하고 널리 알리는 것은 이제 우리의 몫이다.

# 7 일차

2024년 5월 4일
누적 이동거리
2096.4km

• **노다터널**野田トンネル

오늘은 먼 거리를 이동해야 하기 때문에 아침 일찍 서둘러 출발했다. 혼슈의 중앙을 지나 동북 지역의 초입인 나가노현까지 이동하는 일정이다. 일본의 고속도로 통행료는 비싸기로 유명하다. 100km도 채 안 되는 거리를 이용했는데 통행료는 2만 원이 훌쩍 넘어간다. 비만 내리지 않는다면 조금 돌아가고 길이 험하더라도 국도를 타고 가는 것이 여러모로 이득이다. 특히 나 같은 오토바이 여행자라면 관광객의 발길이 채 닿지 않는 일본 국도변의 아기자기한 시골 마을을 구경하며 달리는 것이 훨씬 더 즐겁고 설렌다.

나가노현에 가기 전에 일본의 가장 중앙에 위치한 기후현에 들렀다. 섬 나라인 일본의 47개 도도부현 가운데 바다와 접하지 않은 곳이 8곳 있는데 기후현과 나가노현이 바로 그곳이다. 오늘 답사할 곳은 기후현 나카쓰가와시의 아기라는 작은 산골 마을의 노다터널이다. 길이 260m인 노다터널은 태평양전쟁이 끝나기 직전인 1945년 착공, 일본 패전 후인 1947년에 완공돼 지금도 인근 주민들이 이용하고 있다. 앞서 답사한 오카야마현 쿠라시키시 가메지마산 지하 공장처럼 전쟁 말기 이 지역에도 미군의 공습을 피하기 위해 지하 군수 공장이 만들어질 계획이었고, 노다터널은 지하 군수 공장으로 가기 위한 통로였지만 터널 공사 중 전쟁이 끝나고 만 것이다.

단단한 암석을 오직 사람의 힘으로 깨고 부수어
터널을 뚫었다.

高さ制限
2.7M
中津川市

길이 260m의 노다터널.
지금도 마을 주민들의 생활도로로
이용되고 있다.

외교부의 『일본 속의 한국 사적』 간행물을 보면, 이 공사에 조선인 140명이 동원됐다고 적혀 있다. 인근 소학교 학적부에 조선인 전입생 47명의 명단이 있다는 내용도 기록돼 있다. 조선인 노동자들은 16세에서 50세 정도로 두꺼운 바위산을 뚫는 터널 공사를 모두 수작업으로 했다고 한다. 전쟁 말기 일본은 본토 최후의 결전을 준비하면서 소개령을 내려 전국 각지의 무기 공장과 전쟁 시설을 지하로 옮기는 광기를 부렸고 노다터널도 그 광기의 산물 중 한 곳이다. 이 넓은 일본 땅에 노다터널과 같은 곳이 얼마나 더 있을지, 얼마나 많은 조선인이 끌려와 가혹한 노동에 시달렸을지 가늠할 수조차 없다.

외교부 간행물에는 이곳 역시 '나가노현 아기' 라는 지명만 있을 뿐 정확한 위치 정보가 없어 구글맵과 야후 재팬을 샅샅이 뒤졌다. 결국 야후 재팬에서 한 일본인 블로거가 그린 약도를 찾을 수 있었고, 구글 지도와 대조한 끝에 위치를 찾아낼 수 있었다. 구글맵에는 사용자가 직접 위치 정보를 입력하는 기능이 있어 노다터널에 대한 사실을 적어 구글에 보냈다. 구글 측에서 받아들여 준다면 앞으로 구글맵에는 노다터널이라는 이름과 조선인 동원에 대한 내용이 수록되겠지만 큰 기대는 하지 않는다. 아무래도 구글 측이 한국과 일본 사이의 정치적 문제라는 판단을 할 가능성이 높을 것 같다.

# 8일차

2024년 5월 5일
누적 이동거리
2455.6km

우리나라와는 달리 오토바이도 엄연한 차량으로 인정하는 일본은 오토바이 여행자들의 천국이다. 고속도로 통행이 가능함은 물론 주차장마다 구역이 따로 있고 주유소에서 오토바이라고 차별받는 경우도 없다. 오토바이 운전자들도 교통 법규를 대부분 준수한다. 오토바이든 일반차량이든 신호 위반, 과속을 하는 운전자는 어느 나라에나 있다. 무법, 난폭 운전은 일부 운전자의 문제임에도 불구하고 오토바이에 대한 나쁜 선입견과 반감이 심한 나라는 우리나라가 유일하지 않을까 싶다. 반면, 우리나라의 일부 배달 오토바이가 보여주는 곡예 운전과 역주행 등 눈살이 찌푸려지는 모습은 일본의 여러 도로를 한 달 동안 달리면서 단 한 번도 보지 못했다. 우리나라의 오토바이 교통 문화가 여러 의미에서 매우 비정상적이라는 것은 분명해 보인다.

### • 비너스라인

이번 일본일주에서 꼭 가보고 싶었던 고원 라이딩 코스가 세 곳 있었는데 규슈의 아소 밀크로드, 시코쿠의 UFO라인, 그리고 나가노의 비너스라인이었다. 모두 해발 1,500m 이상을 달리는 도로로 이 중 아소산 밀크로드와 시코쿠의 UFO라인은 날씨 때문에 포기할 수밖에 없었다. 하나 남은 곳이 나가노의 비너스라인인데 오늘이 바로 그곳에 가는 날이다. 바람이 좀 불었지만 날씨는 더할 나위 없이 좋았다. 가능

비너스라인. 해발 1,900m의 고원 도로로
일본에서 손꼽히는 절경을 자랑하는 곳이다.

하면 긴 시간 동안 비너스라인을 즐기고 싶어서 아침 일찍 호텔을 나섰다. 비너스라인은 나가노현의 치노시에서 우츠쿠시가하라 고원을 연결하는 76km의 도로다. 한라산 높이인 1,900m의 고원 이곳저곳을 휘감아 돌며 멋진 풍경을 볼 수 있는 길로 일본에서도 손꼽히는 드라이빙 코스 중 한 곳이다. 고지대인 만큼 겨울이면 통행이 금지되는 것은 물론이고 평소에도 날씨가 변화무쌍해 1년 중 고원의 절경을 제대로 볼 수 있는 날은 며칠 되지 않는데 오늘이 바로 그날이었다. 우리나라에서는 볼 수 없는 풍경이라 황홀감마저 느끼며 두 시간 넘게 라이딩을 즐겼다. 강제동원의 서글픈 역사와 분노를 잠시나마 잊을 수 있었던 라이딩이었다.

## • 마쓰시로대본영松代大本營

비너스라인의 절경에 취해 시간을 지체한 탓에 마쓰시로대본영 답사가 늦어졌다. 마쓰시로대본영은 이번 일본일주에서 혼슈 북상의 길목에 있는 중요한 유적지다. 태평양전쟁 말기 일본 군부는 최후의 항전을 위해 비밀리에 나가노의 작은 마을에 엄청난 규모의 지하호를 파서 군부 최고 의사결정 기구인 대본영을 비롯해 왕실과 정부 조직을 모두 옮긴다는 계획을 세웠다. 공사는 조선인 6,000여 명이 동원돼 1944년 11월 11일 11시부터 1945년 8월 16일까지 밤낮으로 계속됐다. 말로 설명할 수 없는 열악한 노동 환경과 무리한 공사 기간 단축 명령으로 희생자가 속출했다. 그렇게 일본은 최후의 발악을 했지만 결국 히로시마와 나가사키에 떨어진 두 발의 원자폭탄으로 항복하면서 이 계획은 수포로 돌아갔다. 이 공사에서 희생된 조선인 300여 명의 넋을 위로하기 위한 위령비는 공사가 끝나고 50년이 지난 1995년에야 지하호 입구 바로 옆에 세워질 수 있었다.

나가노의 낮 최고기온이 31도까지 올랐던 날, 마쓰시로대본영을 찾았다. 간단한 인적 사항을 적고 대본영 지하호로 들어가기 전 입구 옆에 세워진 위령비를 촬영했다. 관광객들이 있었지만 위령비에 관심을 갖는 사람은 나뿐이었다. 어둡고 습한 지하호를 따라 걸어가니 왠지 모를 슬픔이 느껴졌다. 곡괭이로, 삽으로, 오직 사람의 힘만으로 파냈을 지하호의 거대함에 치가 떨리기도 했다. 모두 조선인들의 목숨을 담보로 만든 시설이 아닌가. 견학 코스가 끝나갈 때쯤 한자로 '대구(大邱)', '대구부(大邱府)' 라는 글자가 선명한 사진이 걸려 있는 게 보였다. 지하호 어딘가에 새겨진 글씨를 사진으로 전시해 놓은 것이다. 대구에서 끌려온 누군가가 고향을 애타게 그리며 피눈물로 벽에 새긴 글씨, 이곳에서 내가 사는 대구를 볼 줄이야. 그 글자는 마치 번개처럼 내 가슴에 박혀 버렸다. 글자 너머 한 사람의 넋이 여기서 울고 있는 것이다.

마쓰시로대본영 지하호 입구 옆에
조선인 희생자 추도평화기념비가 세워져 있다.

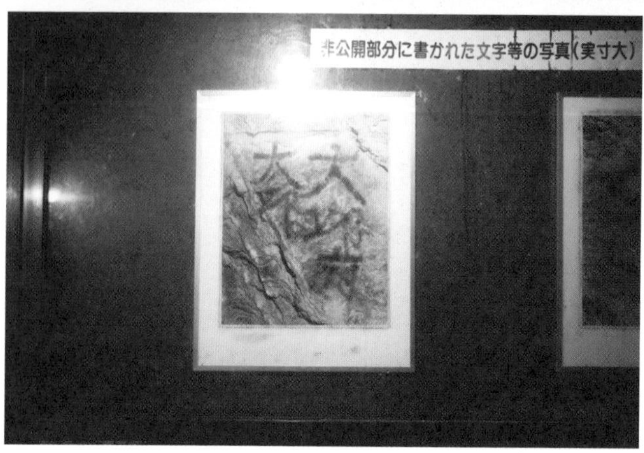


태평양전쟁 막바지에 패색이 짙어진 일본은 마쓰시로대본영을 파고 최후의 결전을 준비했다.

마쓰시로대본영 공사에 동원됐던 대구 사람이 남긴 흔적. '大邱', '大邱府' 라는 글자가 선명하다.

마쓰시로대본영은 전쟁 말기 일본이 부린
광기의 절정이었다.

마쓰시로대본영을 나오니 뜨거운 햇살이 내리쬐고 있었다. 햇살을 피하려고 잠시 편의점에 들렀다 나오니 내 오토바이 위에 꽁꽁 언 생수 한 병이 놓여 있었다. 누가 갖다 놓았나 싶어 주위를 둘러보니 빨간 오토바이 앞에 서 있던 청년이 인사를 꾸벅 했다. 고마운 마음에 서로의 여행에 대해 이야기를 나누고 SNS 계정을 교환했다. 그는 비너스라인을 즐기기 위해 멀리 효고현에서 오토바이를 타고 온 나카시마라는 이름의 청년이었다. 나카시마 상과 헤어진 뒤 고속도로를 타고 호텔로 돌아가는 길에 특이하고 멋진 오토바이 두 대가 나를 재빠르게 추월해 갔다. 잠시 뒤 휴게소에서 그들을 만났는데 연세가 지긋한 분들이었다. 오토바이가 정말 멋있다고 칭찬을 했더니 아이처럼 좋아했다. 한참 동안 재미있게 대화를 나누고 같이 사진도 찍었다. 같은 취미를 즐기고 있다는 동질감은 국적, 나이를 묻지 않는다. 나카시마 상과 라이더 두 분을 만나지 않았더라면 오늘은 조선인의 피와 땀으로 판 지하호와 '대구' 라는 글자가 준 충격, 그리고 타들어갈 듯 더운 날씨 때문에 지금까지의 답사 중 가장 힘든 날이 됐을 것이다.

나카시마 상이 준 생수 한 병이 더운 날씨와
긴 라이딩으로 지친 몸을 회복시켜 주었다.

# 9 일 차

2024년 5월 6일
누적 이동거리
2686.2km

## • 미야시타댐 宮下ダム

오늘은 200km 정도만 이동하면 되는 일정이라 조금 여유가 있는 날이다. 오랜만에 여유롭게 준비해서 오전 8시에 호텔을 출발해 후쿠시마현으로 오토바이를 몰았다. 홋카이도에 가기 전 혼슈 도호쿠 지방 답사를 시작하는 날이다. 오늘의 목적지는 후쿠시마현 미시마에 있는 미야시타댐이다. 호텔에서 댐까지의 거리는 103km로 천천히 라이딩을 즐기면서 가도 2시간 반이면 충분한 거리다. 미시마는 강과 산이 어우러져 천하의 절경을 자랑하는 곳으로 강 곳곳에 놓인 다리는 감탄이 절로 나올 만큼 아름다웠다.

미야시타댐 공사 희생자 위령탑

미야시타 수력발전댐

위령탑 뒷면에 이름이 새겨진 희생자 59명 중 37명이 조선인이다.

미야시타댐은 수력 발전용으로 1941년에 착공해 패전 후인 1949년에 완공됐다. 이 댐 건설을 위해 조선인 1,500여 명이 강제동원됐다는 기록이 있고 그중 88명이 희생됐다고 한다. 댐 바로 옆 좁은 국도에 희생자 위령탑이 있는데 구글맵에도 표시가 돼 있으니 비교적 찾아가기 쉬운 곳이다. 위령탑 뒷면에는 59명의 이름이 새겨져 있는데 그중 37명이 조선인이고 나머지는 중국인과 일본인이다. 조선이 지리적으로 가까웠으니 가장 많은 인력이 동원됐을 것이고 그만큼 희생자도 많았을 것이다. 위령탑과 댐 주변 촬영을 마치고 묵념을 올린 뒤 돌아갈 준비를 하는데 도로 옆 철도로 관광 열차가 지나간다. 관광객으로 가득한 열차에서는 이 위령비를 어떻게 설명하고 있을지 문득 궁금해졌다.

• 오모시로야마코겐역面白山高原駅

댐에서 130km 떨어진 JR야마가타역에 있는 호텔을 예약했다. 다음 답사지인 오모시로야마코겐역은 자동차나 오토바이로는 가기 어려운 곳이다. 야마가타역에서 오모시로야마코겐역까지 가는 전차가 있다고 해서 야마가타역에 있는 호텔을 예약한 것이다. 오후 4시 9분 전차를 타고 4시 40분에 도착했는데 내리지 못했다. 생전 처음 보는 시내버스식 하차 시스템 때문이었다. 이용객이 거의 없는 무인역이라 전차가 서면 버튼을 눌러야 문이 열린다는 안내문을 뒤늦게야 읽었다. 다음 역에서 내려 40분을 기다린 뒤 반대편 전차를 타고 오모시로야마코겐역에 내렸다. 호텔이 있는 야마가타역으로 가는 전차는 한 시간 뒤인 오후 6시 38분에 있으니 촬영할 시간은 넉넉했다.

오모시로야마코겐역은 JR동일본 소속 센잔선의 역으로 해발 440m의 산속에 있다. 센잔선은 미야기현 센다이시에서 야마가타현 야마가타시를 연결하는 총연장 58km의 철도로 1929년 착공해서 1937년에 개통됐다. 이 철도 공사에 조선인 1,000여 명이 강제동원됐고 숱한 희생을 치렀다고 알려져 있지만 정확한 기록은 아직 발견되지 않고 있다. 공사 당시 인근 주민들의 "철도 침목 하나에 조선인 한 명"이라는 증언으로 미뤄 짐작만 할 뿐이다. 지금은 사용하지 않는 옛 오모시로야마코겐역사 뒤편에 순직비가 있고 순직비 뒷면에 희생자 7명의 이

오모시로야마코겐역.
해발 440m 산속에 자리잡고 있다.

오모시로야마코겐역에 세워져 있는 순직비

조선인들의 희생이 많아 침목 하나가 조선인 한 명의
목숨이라는 말이 있다.

름이 새겨져 있지만 조선인의 이름은 아니다. 당시 조선인 노동자의 이름을 멋대로 일본식으로 고쳐 쓰는 경우가 빈번했던 만큼 순직비에 새겨진 이름이 조선인인지 일본인인지 나로서는 확인할 방법이 없다. 일본 근대화 과정에서 셀 수 없이 많은 조선인이 동원됐고 이곳 말고도 전국 각지의 공사 현장에서 수많은 조선인이 희생됐을 테지만 그에 관한 연구는 여전히 미진하다. 일제강점기 조선인 강제동원의 역사에 대한 보다 깊고 넓은 조사와 연구가 하루빨리 이뤄지기를 기대해 본다.

역이 있는 오모시로(面白)산이라는 이름은 오모시로이, '재미있다'라는 일본어에서 따왔다고 한다. 이 산에 있던 폭포 3개의 모습이 재미있어서 붙여진 이름이라고 하는데, 일본인에게는 재미있게 들릴지 모르겠지만 우리에게는 조선인 강제동원의 흔적이 남아 있는 슬프고 참담한 곳일 뿐이다. 산속이라 6시가 넘어가니 금세 어두워졌다. 산골짜기 무인역에는 나 혼자밖에 없었다. 사람을 공격하는 야생 원숭이가 출몰한다는 벽보가 붙어 있는 곳에 고립될지 모른다는 상상을 하니 무서워졌다. 다행히 깊은 산속인데도 LTE가 잡혀 한국에 있는 가족과 영상통화를 하며 무서움을 떨쳐냈다. 6시 38분, 터널에서 전차 한 대가 어둠을 뚫고 역으로 들어왔다. 잔뜩 긴장한 채 승차 버튼을 몇 번씩이나 눌러 호텔이 있는 야마가타로 돌아가는 전차에 탈 수 있었다.

# 10 일 차

2024년 5월 7일
누적 이동거리
2915.0km

밤새 비가 내리더니 아침에도 간간이 빗방울이 떨어졌다. 오늘은 200km 정도만 달리면 되기 때문에 늦게까지 푹 쉬면서 그동안의 피로를 회복했다. 10시가 되어서야 느지막이 호텔을 출발했는데 호텔이 JR야마가타역과 붙어 있어서인지 역무원들이 자주 보였다. 역무원 한 분이 내 오토바이와 일본일주에 큰 관심을 보이며 응원해 주었다. 그와 인사를 나누고 출발하려는데 콧수염을 멋지게 기른 어르신 한 분이 "안녕하세요."라며 인사를 건네왔다. 아마도 아는 한국말이 그것밖에 없는 듯했다. 인사를 하고 헤어질 때 비가 와서 길이 젖어 있다며 안전 운전하라고 말해 주었다.

지금까지 만난 일본인들은 모두 내 여행에 큰 관심을 보이며 안전을 빌어주고 응원해 줬다. 민간 교류가 활발해져 두 나라 국민들이 지금보다 훨씬 더 가까워진다고 하더라도 한일 관계의 한계는 명확한 것 같다. 결국 매듭짓지 못한 과거가 발목을 잡아 더 나은 미래로 나아갈 수 없도록 한다. 가깝고도 먼 나라, 누가 언제 했는지 알 수 없는 이 말이 아직도 한일 관계를 가장 정확하게 비유하고 있다는 생각을 다시 한번 하게 된다.

## • 다자와호 히메관음상田沢湖 姫観音像

오락가락 내리는 비를 맞으며 아키타현 센보쿠에 있는 다자와 호수로 갔다. 다자와호는 수심 434m로 일본에서 가장 깊고 세계에서는 17번째로 깊은 호수다. 비 오는 날 굳이 다자와호에 간 이유는 히메관음상을 촬영하기 위해서였다. 일본은 1930년대 말, 동북 지방의 전력난을 해결하기 위해 다자와호의 물을 이용해 수력발전을 하기로 하고 수력발전소로 물을 끌어갈 도수로를 건설했는데, 이 공사에 조선인 2,000여 명이 강제동원됐다.

다자와호 히메관음상. 1939년에 세워졌다.

히메관음상은 1939년에 세워졌다. '히메' 는 공주라는 뜻이고 '관음' 은 우리가 알고 있는 관음보살의 그 관음인데 이 두 단어를 붙여 놓은 것이 영 어색하다. 일본이 밝힌 히메관음상의 공식적인 건립 이유는 두 가지다. 첫 번째는 공사의 영향으로 다자와호의 물이 급격하게 산성화되면서 대량 폐사한 토종 물고기를 위로하기 위해서, 두 번째는 오랜 옛날 호수 근처에 살던 여자가 영원한 아름다움과 젊음을 갈구하다가 다자와호를 지키는 히메관음이 됐는데 공사로 다자와호가 더럽혀졌으니 히메관음에게 사죄하기 위해서라는 것이다. 하지만 20여 년 전 재일교포 미술수집가인 하정웅 선생이 인근 사찰에서 히메관음 건립 취의서를 발견하면서 이 같은 설명은 거짓으로 드러났다. 1939년 작성된 건립문에는 공사 도중 숨진 조선인의 넋을 위로하기 위해 히메관음상을 세웠다고 적혀 있었던 것이다. 1993년 8월부터 히메관음상 앞에서 위령제가 열리는 등 추모 행사가 이어져 오고 있지만 거짓 설명이 적혀 있는 안내판은 여전히 히메관음상 앞에 세워져 있다.

히메관음상에서 호수 둘레길을 따라 남쪽으로 8km 정도 달리면 금색을 칠한 동상을 볼 수 있다. 다자와호의 상징인 다츠코상이다. 히메관음을 현대적으로 재해석했다는 이 동상은 드라마 '아이리스' 에 나와서 한국 관광객에게도 유명하다.

히메관음상.
도수로 공사에 동원됐다가 희생된 조선인들의 넋을
위로하기 위해 세워졌다.

이 도수로 공사에 조선인 2천여 명이
강제동원됐다.

폐사한 토종 물고기들을 위로하기 위해
히메관음상을 세웠다는 거짓 내용이 적힌 안내판

하지만 히메관음의 존재가 억울하게 죽어간 조선인 노동자를 기리기 위한 것임이 밝혀진 이상 다츠코상은 히메관음 건립의 의미를 감추기 위한 눈속임에 지나지 않는다. 강제동원의 역사를 이토록 끈질기고 집요하게 은폐하는 일본의 행태에 헛웃음만 나올 뿐이다.

다자와 호수의 상징인 다츠코상.
조선인 강제동원의 역사를 숨기기 위한
눈속임에 지나지 않는다.

# 11 일차

2024년 5월 8일
누적 이동거리
3132.5km

### • 오사리자와광산尾去沢鉱山

밤새 거세게 내리던 비는 잦아들었지만 부슬비는 계속 내리고 있다. 오늘도 종일 비를 맞으며 달려야 할 것 같다. 오늘의 마지막 일정은 홋카이도에 들어가는 것이다. 혼슈 최북단인 아오모리현의 페리 터미널에서 오후 2시 40분 페리를 타고 홋카이도 하코다테항으로 가야 하는데, 그전에 아키타현에 있는 오사리자와광산을 답사하기로 했다. 오사리자와광산은 1400년 전부터 사금을 채취했던 곳으로 전쟁 당시 주요 물자였던 구리를 캐던 일본 혼슈 북부의 최대 광산이다. 지금은 광산의 일부를 재단장해 견학과 체험학습장으로 활용하고 있다.

오사리자와광산.
지금은 갱도 일부를 탐방로로 만들어 일반에 공개하고 있다.

오사리자와광산 내부.
어둡고 습한 전형적인 탄광의 모습이다.

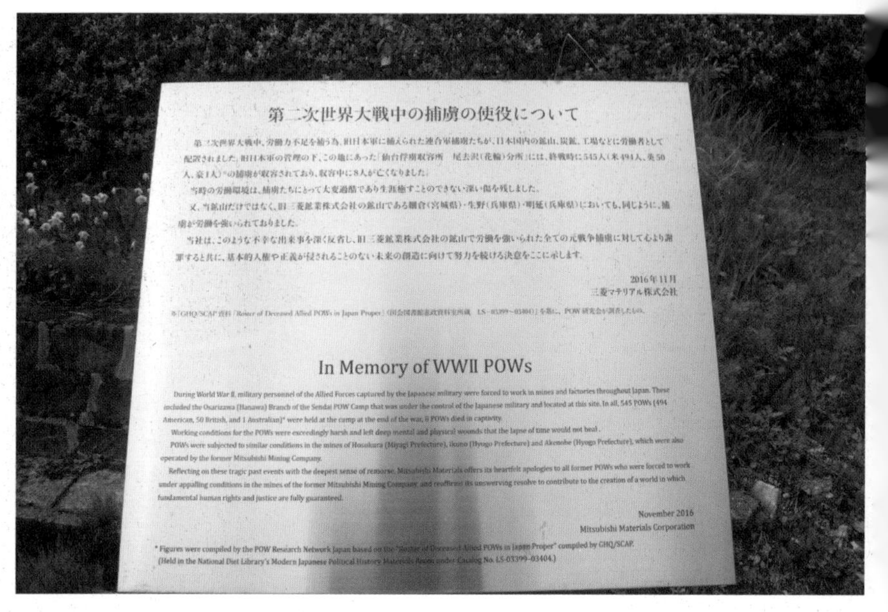


탄광 운영사였던 전범 기업 미쓰비시가 연합군 포로들을 강제노역시킨 것에 대한 사과문이 광산 입구에 설치돼 있지만 조선인, 중국인 강제동원에 대해서는 한마디도 언급하지 않고 있다.

오전 내내 내리던 비가 그칠 때쯤 오사리자와광산에 도착했다. 평일이라 그런지 한산했다. 입장료 천 엔을 내고 광산 입구로 들어가니 연세 지긋한 노인 세 분이 있었다. 뭔가 사연이 있어 보였는데 워낙 자기들끼리 집중하고 있어서 말 붙이기가 어려웠다. 갱도 내부는 옛 모습 그대로 잘 보존되어 있었다. 어둡고 습한 지하 갱도의 모습 그대로다. 오랜 역사를 자랑하던 광산인 만큼 과거와 현재의 작업 모습을 인형으로 재현해 놓은 전시물도 눈길을 끌었다.

태평양전쟁 당시 오사리자와광산에는 조선인과 중국인 수백 명이 끌려와 강제노동에 시달렸다. 조선인 강제동원을 세상에 처음 알린 재일 언론인 고 박경식 선생이 1965년에 펴낸 『조선인 강제연행의 기록』에는 오사리자와광산에서 죽은 조선인들의 사망 원인을 설명하는 부분이 있다. 어떤 이는 배가 고파 뜯어 먹은 풀이 독초라서 죽었고, 어떤 이는 혀를 깨물고 스스로 목숨을 끊었고, 어떤 이는 두개골이 골절되어 죽었다고 한다. 굶주림과 폭력은 오사리자와광산의 조선인들에게는 일상이었을 것이다.

오사리자와광산은 전범기업인 미쓰비시가 운영한 광산이었다. 갱도 입구에 미쓰비시가 세운 사과문이 있다. 2차 세계대전 당시 포로들을 강제동원해 일을 시킨 사실에 대해 사과하는 내용이다. 사과문에는 당시 오사리자와광산에서 연합군 포로 545명(미국 494명, 영국 50명, 호주 1명)이 강제노동에 동원됐는데 이 중 8명이 숨졌다고 적혀 있다. 연합군 포로에게 했던 비인도적인 처우에 대해 사과, 반성하고 앞으로 인권과 평화를 위해 노력하겠다는 내용이 구구절절 적혀 있지만 연합군 포로보다 몇 배나 많이 동원됐던 조선인과 중국인에 대한 언급은 하나도 없다는 사실에 울분이 치밀어 올랐다. 뒤늦게 미쓰비시는 2022년 중국 강제동원 피해자들에도 공식적인 사과와 직접 보상을 했다. 중국이 미국과 함께 G2의 위치에 오르지 않았다면 절대 사과하지 않았을 것이다. 남은 것은 이제 한국밖에 없다. 하지만 일본의 태도는 변한 것이 없다.

페리 출발 시간이 빠듯해 고속도로를 타고 아키타현에서 아오모리현으로 이동했다. 일본 혼슈 최북단인 아키타와 아오모리는 마치 겨울처럼 추웠다. 오전에 비까지 맞았던 터라 온몸이 차갑게 얼어붙는 느낌이었다. 산길을 달릴 때는 곳곳에 녹지 않은 눈이 그대로 남아 있었고, 곰이 출몰하니 주의해야 한다는 섬뜩한 안내판도 곳곳에 세워져 있었다. 혹한의 땅 홋카이도가 가까워지고 있음을 실감할 수 있었다. 시간에 맞춰 아오모리 페리 터미널에 도착해 승선 수속을 했다. 2시 40분에 출발한 페리는 3시간 남짓 만에 홋카이도 하코다테항에 도착했다. 일본일주를 시작한 지 11일 만에 홋카이도에 입도한 것이다. 지금까지 여행과 출장으로 서너 번 홋카이도를 다녀간 적이 있지만 이번에는 전혀 다른 느낌이다. 홋카이도는 일본에게도 그렇지만 조선인 강제동원의 역사에서도 특별한 의미를 가진 땅이다.

홋카이도는 원래 소수민족인 아이누족의 땅이었다. 아이누족은 홋카이도뿐만 아니라 지금의 사할린을 비롯한 쿠릴 열도에 흩어져 살던 민족이다. 일본은 에도시대 말기인 18세기 후반부터 홋카이도에 관심을 두기 시작했다. 제정 러시아가 남쪽으로 세력을 넓히기 시작하면서 위기감을 느낀 에도막부는 홋카이도를 통제권 아래 두기 위해 노력했다. 메이지유신 이후 본격적인 홋카이도 개척이 시작되면서 아이누족의 비극이 시작됐다. 홋카이도 개척 당시 일본이 아이누족에게 했던 수많은 악행은 백인들이 아메리카 대륙에서 인디언들에게 했던 것과 다르지 않다. 이번 일본일주에서 홋카이도에 특별한 의미를 뒀던 이유도 아이누족의 비극이 식민지 조선인의 비극과 다르지 않았기 때문이다.

조선인 강제동원의 역사에서도 홋카이도는 특별하다. 홋카이도의 탄광으로, 비행장과 댐 건설 현장으로 끌려간 조선인들은 일본 본토보다 훨씬 더 가혹한 노동 환경에 내몰렸다. 고 박경식 선생의 『조선인 강제연행의 기록』에는 1941년부터 1945년까지 50만 명이 넘는 조선인이 홋카이도로 끌려가 유바리탄광, 비바이탄광 등에서 강제노동에 시달렸다고 기록돼 있다. 노동 환경이 상상을 초월할 정도로 가혹했던 만큼 사망률도 높아 1942년 기준으로 일본 전체 탄광의 조선인 노동자 사망률은 0.9%인 데 비해 홋카이도 지역 탄광은 2.1%를 기록했다고 한다. 이번 일주에서 홋카이도에 머물 수 있는 시간이 일주일 정도에 불과해 많은 곳을 답사할 수가 없음이 아쉬웠다. 홋카이도의 면적은 대한민국과 비슷해 일주일 동안 충분히 답사한다는 것은 불가능에 가깝다. 이번 일주가 끝난 뒤 빠른 시일 안에 충분한 시간을 갖고 홋카이도를 한 번 더 답사해야겠다고 다짐했다.

# 12 일차

2024년 5월 9일
누적 이동거리
3395.1km

## • 하코다테 조선인 위령탑 函館朝鮮人慰靈塔

홋카이도의 관문인 하코다테는 일본에서 가장 먼저 개항한 도시로 개항 당시의 문물이 많이 남아 있는 곳이다. 하코다테에 끌려왔던 조선인 강제동원자와 위안부들을 위한 위령탑이 있는데 정확한 위치를 찾지 못하다가 야후 재팬에서 발견한 한 장의 사진에서 단서를 찾을 수 있었다. 특이하게도 빨간색으로 칠해진 묘비 근처에 위령탑이 있다는데 그 묘비는 다행히도 구글맵에 표시가 되어 있었다. '천하호외옥옹의 묘' 로 개항 시기 신문을 발행했던 외국인의 묘라는 사실 외에는 다른 정보를 찾기 어려웠다.

개항기 신문을 발행하던 외국인의 묘지.
하코다테 조선인 위령탑을 찾아가려면 이 붉은 비석을
먼저 찾아가면 된다.

하코다테 조선인 위령탑.
외국인 묘지에서 가장 높은 곳에 세워져 있다.

그러나 그 묘비가 중요한 것이 아니라 근처에 있는 조선인 위령탑을 찾아가야 하니 위치 정보를 알게 된 것만 해도 다행이라고 생각해야 할 판이었다. 이른 아침 꽤 긴 오르막 도로를 달려 도착하니 빨간 묘 뒤에 사진에서 본 위령탑이 어렴풋이 보였다. 하코다테만이 한눈에 내려다보이는 언덕의 양지바른 곳이었다. 역광이 심해 만족스러운 사진을 촬영할 수 없었던 것이 못내 아쉬웠다. 이 위령탑은 하코다테에 끌려와 고향을 그리워하며 생을 마감한 조선인 강제동원자와 위안부들의 넋을 위로하기 위해 하코다테 교민들이 1990년에 세웠다. 위령탑 뒤쪽의 작은 돔 형태를 한 구조물은 납골당이다. 한국, 일본 정부의 무관심 속에 하코다테 교민들이 정성을 모으고 있다는 사실이 감동적이다. 지금도 추모행사가 정기적으로 열리고 있다고 하는데 기회가 된다면 추모행사에 참석해 교민들의 말을 들어보고 싶어졌다.

### • 다치마치곶立待岬

위령탑에서 다치마치곶까지는 4km가 채 안 되는 짧은 거리다. 다치마치곶은 홋카이도와 혼슈 사이에 있는 쓰가루 해협을 조망할 수 있는 곳으로 멀리 혼슈 땅이 보인다. 하코다테가 위도상으로 북한의 최북단인 청진과 러시아 블라디보스토크 사이에 위치해 있는 만큼 다치마치곶에서 바라보면 혼슈 저 너머에 한국이 있는 셈이다. 하코다테에 끌려온 조선인들도 보이지 않는 고향 땅을 상상하며 그리움을 달래기 위해 다치마치곶을 찾았다고 한다. 태평양전쟁 당시 하코다테에는 조선인 위안부가 300~400명 정도 있었다고 한다. 위안부들은 시간이 날 때마다 다치마치곶에 와서 멀리 있는 고향을 그리워했고, 누군가는 절벽 아래로 몸을 던졌다고 전해진다. 실제 1940년대 하코다테 지역 신문에 조선인 여성 2명의 투신 자살 기사가 실리기도 했다. '다치마치' 는 서서 기다린다는 뜻으로 홋카이도 원주민인 아이누족이 여기에서 물고기를 기다렸다고 해서 붙은 이름이라고 한다. 이곳에서 조선인 위안부들은 무엇을 그토록 간절하게 기다렸을까.

다치마치는 '서서 기다린다' 는
아이누족 말에서 유래한 지명이다.

바다 멀리 보이는 땅은 일본 혼슈 아오모리현이다.
일제강점기 하코다테에 끌려온 조선인들도 이곳에 서서 멀리 일본 땅
너머에 있을 고향을 그리워했을 것이다.

# 13 일차

2024년 5월 10일
누적 이동거리
3860.2km

유바리 신령의 묘.
'유바리탄광 숙소의 조선인들이 뜻을 모아 1930년 9월에
신령의 묘를 세웠다' 고 새겨져 있다.

## • 유바리 신령의 묘夕張 神靈之墓

어제는 다치마치곶을 떠나 250km 떨어진 치토세에서 하룻밤을 묵었다. 오토바이를 타고 매일 평균 300km씩 달리는 일정에 피로가 계속 쌓이는 느낌이었다. 쌓이는 피로만큼 지나온 강제동원의 흔적들이 마음을 무겁게 했다. 오늘은 달려야 할 거리가 만만치 않아 평소보다 서둘러 아침 6시에 출발했다. 제일 먼저 갈 곳은 유바리 신령의 묘다.

유바리시는 막대한 부채를 감당하지 못해 2002년 일본 지방자치단체 중 처음으로 파산을 선언한 도시로 유명하다. 유바리시에 도착하니 쇠락을 넘어 폐허와 같은 을씨년스러운 분위기가 도시 전체를 감돌고 있었다. 유바리시는 한때 탄광으로 번성했던 도시다. 우리나라의 강원도 사북, 고한과 같은 탄광 도시들과 비슷한 상황이다. 유바리시와 인근 비바이시는 홋카이도의 대표적인 탄광 도시로 홋카이도 개척과 일본 근대화에 중요한 역할을 했고, 수많은 조선인이 끌려와 가혹한 노동에 시달렸던 곳이다. 특히 유바리탄광은 조선인 강제동원자들이 생지옥이라고 부를 만큼 가혹한 노동 환경으로 유명했다.

외교부가 펴낸 『일본 속의 한국 사적』 자료를 보면 1941년 5월 말 기준으로 유바리탄광에는 3,920명의 조선인이 일하고 있었다. 각종 사고가 끊이지 않았고 특히 1942년 7월 30일에 일어난 가스 폭발 사고로 17명이 숨졌는데 이 중 11명이 조선인이었다는 기록도 있다. 당시 유바리 탄광의 조선인 노동자 비율은 30%에 조금 못 미쳤지만 각종 사고의 희생자 비율은 70%에 가까웠다고 한다. 조선인 노동자가 위험한 작업에 주로 동원되었다는 사실을 보여주는 생생한 통계자료다.

호텔에서 신령의 묘까지는 50km로 약 1시간 거리다. 신령의 묘 역시 정확한 위치 정보를 찾지 못해 야후 재팬과 구글맵의 도움으로 겨우 한 곳을 특정해 좌표를 찍었다. 가보고 있으면 촬영하고 없으면 어쩔 수 없다는 심정으로 오전 7시쯤 좌표 위치에 도착했다. 구글맵에 나와 있는 대로 절이 있었고 절 뒤로 보이는 야산에 공동묘지가 있었다. 나의 조사가 맞다면 신령의 묘는 공동묘지 안에 있을 것이다. 이 절은 공동묘지를 관리하며 납골당을 운영하는 곳 같았다. 관리인 부부에게 조선인을 위한 위령비가 있냐고 물어봤더니 있다고 대답하며 이른 아침인데도 직접 안내까지 해줬다. 공동묘지는 유바리시가 운영하는 곳으로 100년이 훨씬 넘은 곳이라고 한다. 무덤 사이로 난 산길을 10분 정도 올라가니 수풀 사이로 신령의 묘가 보였다.

한눈에 보기에도 오랜 세월의 흔적이 느껴지는 비석 하나가 공동묘지 아래를 굽어보며 서 있었다. 위령비 앞면에는 한자로 쓴 신령의 묘라는 글자가 뚜렷하게 보였고 옆면에는 쇼와 5년(1930년)에 유바리탄광 기숙사의 조선인들이 뜻을 모아 세웠다고 새겨져 있었다. 뒷면에는 발기인 13명의 이름이 새겨져 있었는데 5명이 조선인의 이름이었다. 이들은 누구였는지, 이들과 뜻을 함께해 신령의 묘를 세운 일본인 8명은 또 누구인지 궁금증이 밀려왔다. 그러나 아무리 찾아봐도 그에 대한 자료를 찾을 수 없어 답답하기만 하다.

유바리시가 운영하는 석탄박물관.
경영난으로 폐쇄되었다.

• 유바리시 석탄박물관夕張市 石炭博物館

생지옥이라 불렸던 유바리탄광은 시가 운영하는 박물관에 그 흔적이 남아 있는데 갱도 등 탄광의 일부만 공개하고 있다고 한다. 신령의묘 촬영을 마치고 3km 정도 떨어진 박물관으로 갔다. '유바리 희망의 언덕' 이라는 글자가 적힌 굴뚝 같은 시설물이 도로 옆으로 스쳐 지나갔다. 생지옥이라고 불렸던 유바리탄광에서 일하는 사람들의 희망은 무엇이었을까. 살아남는 것, 살아남아서 고국으로 돌아가는 것이 그들의 유일한 희망이 아니었을까.

생지옥과 희망이라는 상반된 글자가 머릿속을 맴돌았다. 박물관에 도착했지만 정문은 굳게 닫혀 있었다. 박물관 주위로 여기저기 흩어지고 멋대로 자란 나무와 수풀이 무성한 것을 보니 한동안 사람의 손길이 닿지 않은 듯 보였다. 박물관 내부를 굳이 보지 않더라도 퇴색하다 못해 폐허로 변해 버린 주변 풍경에서 유바리탄광의 현재 모습을 느끼기에는 충분했다.

'유바리 희망의 언덕' 이라는 문구가 쇠락한
유바리시의 현재를 역설적으로 보여 준다.

• **탄광메모리얼삼림공원**炭鉱メモリアル森林公園

유바리시에서 비바이시까지는 차로 두 시간 정도 걸린다. 비바이시는 유바리시에 비해 좀 더 번화한 모습이었지만 전성기가 지난 탄광도시의 분위기는 비슷했다. 인적이 드문 산속으로 접어드니 도로 왼쪽으로 탄산의 비(炭山之碑)가 보였다. 비바이탄광은 일본 다이쇼 원년인 1912년에 문을 열었고 1915년에 미쓰비시가 인수해 1973년 폐광 때까지 미쓰비시그룹 산하 탄광으로 운영됐다. 태평양전쟁 시기인 1940년대가 최전성기로 미쓰비시그룹 산하 탄광 중 생산량 1위를 기록했다고 한다.

이 같은 호황으로 한때 비바이시의 인구가 9만 명이 넘었는데 탄산의 비는 그때를 그리워하며 세운 조형물이다. 탄산의 비 옆에 세워진 미쓰비시기념관은 문이 굳게 닫혀 있었다. 미쓰비시는 일본인에게는 자랑스러운 기업인지는 모르지만 우리에게는 절대 잊어서는 안 되는 전범 기업일 뿐이다. 비바이탄광에도 수천 명의 조선인이 강제동원됐고 희생자 473명의 명부가 발견되기도 했다. 생지옥이라 불렸던 유바리탄광과 더불어 홋카이도 조선인 강제동원의 역사에서 빼놓을 수 없는 현장이다.

탄광메모리얼삼림공원의 거대한 권양기.
당시 비바이탄광의 규모를 짐작하게 한다.

미쓰비시기념관 인근에 자리 잡은 탄광메모리얼삼림공원은 미쓰비시 비바이탄광의 시설 일부를 남겨 놓은 곳이다. 거대한 붉은색 권양기 두 대가 야트막한 언덕에 세워져 있고 오래된 건물 한 채가 남아 있지만 들어가 볼 수는 없었다. 공원이라고는 하지만 아무렇게나 자란 수풀과 나무 탓에 황량한 느낌마저 들었다. 게다가 "최근 곰 목격 정보가 있으니 십분 주의하라"는 경고판이 곳곳에 세워져 있었다.

내가 찾은 자료에는 당시 노동자들이 묵었던 숙소 건물도 남아 있다고 했지만 여유를 갖고 찾아보기에는 안전을 보장할 수 없는 상황이었다. 일본에서 곰은 경고성 문구로 끝나는 것이 아니라 실제로 위협적인 존재다. 2023년 한 해 동안 일본에서는 야생곰의 습격으로 219명의 인명 피해가 발생했고 이 중 6명이 사망했다. 불안한 마음에 공원 이곳저곳을 재빠르게 촬영하고 발길을 돌릴 수밖에 없었다.

홋카이도에서는
곰 주의 안내판을
어렵지 않게 볼 수 있다.

## • 오로롱라인オロロンライン

아침 일찍부터 움직인 덕분에 오늘 계획한 답사와 촬영 일정이 오전에 모두 끝났다. 이제 일본 본토 최북단 소야곶으로 간다. 탄광메모리얼삼림공원에서 소야곶까지는 300km가 조금 넘는다. 쉬지 않고 달린다 해도 6시간이 넘게 걸리는 결코 가깝지 않은 거리다. 하지만 오토바이를 타기 시작하면서 줄곧 가고 싶었던 오로롱라인을 달린다는 생각에 가슴이 벅차올랐다.

홋카이도 서부 해안, 일본 사람들은 일본해라고 부르지만 엄연히 동해인 바다를 따라 오타루에서 일본 최북단 도시인 왓카나이까지 이어지는 380km의 해안도로를 오로롱라인(オロロンライン)이라고 부른다. 오로롱라인이 끝나는 지점은 왓카나이로 정해져 있지만 시작 지점에 대해서는 의견이 많이 엇갈린다. 나는 본격적인 해안 도로가 시작되는 루모이부터 왓카나이까지의 180km 구간을 오로롱 라인으로 여기고 있다. 오로롱라인은 일본의 라이더들이 평생에 한 번은 꼭 달리고 싶어 하는 길 1순위로 여름 휴가철만 되면 일본 전국 각지에서 온 오토바이로 가득한 길이다. 다행히 휴가철이 아닌 데다 4월 말부터 5월 초까지 이어지는 연휴인 골든 위크도 지나 한적하고 여유롭게 달릴 수 있었다.

홋카이도의 자연은 광활하다. 우리나라와 비슷한 면적에 인구는 5백만 명에 불과하다. 그나마 대부분 삿포로 등의 대도시에 집중돼 있어 한참을 달려봐야 차 한 대 보기 힘든 길도 많다. 일본 본토와는 확연히 다른 자연과 식생을 보여주는데 오로롱라인을 타고 북쪽으로 올라가다 보면 왼쪽으로는 바다를, 오른쪽으로는 드넓은 초원을 낀 직선도로가 끝 간 데 없이 이어져 있다. 오토바이에 앉아 세차게 불어오는 바닷바람을 맞으며 달리니 그동안 나를 괴롭혀왔던 여러 가지 잡생각들이 사라졌다. 일본의 라이더들이 오로롱라인을 동경하는 이유를 알 것 같았다.

오로롱라인.
일본 라이더들이 평생에 한 번은 꼭 달리고 싶어 하는 길이다.

드넓은 목초지와 풍력발전기가 어우러진 소야구릉

오로롱라인이 끝나는 왓카나이를 지나 최북단인 소야곶으로 가다가 해안도로를 벗어나 살짝 내륙으로 들어가면 시로이미치(白い道)가 있다. 곱게 부서진 하얀색 조개껍질로 덮인 3km 남짓한 좁은 길이다. 양옆에는 광활한 목초지에 풍력 발전기가 늘어서 있는 소야구릉이 펼쳐져 있다. 시로이미치와 소야구릉을 달리니 마치 이 세상 풍경이 아닌 곳에 있는 듯한 황홀감에 빠져들었다. 지금까지 일본에서 본 풍경 중 최고의 풍경이다. 시간이 허락한다면 이곳에 머물면서 해가 뜰 때부터 질 때까지 빛의 변화를 사진으로 기록하고 싶었다.

잘게 부서진 흰색 조개껍질로 뒤덮힌 시로이미치

'최북단'이 최고의 관광상품인 소야곶 주변은 여름 휴가철을
제외하면 오가는 사람들이 그리 많지 않다.

소야곶의 일본 본토 최북단 표지석.
멀리 러시아 사할린이 보인다.

## • 소야곶 宗谷岬

시로이미치와 소야구릉에서 평생 잊지 못할 라이딩을 한 후 드디어 소야곶에 도착했다. 이제 일본에서는 더 이상 북쪽으로 갈 수 없는 곳까지 왔다. 최남단인 가고시마현 사타곶에서 이곳까지 12일이 걸렸고, 거리로는 3,860km를 달려왔다. 내 오토바이로 달릴 수 있는 외국 중 가장 가까운 일본을 일주하고 싶다는 막연한 생각이 광복 80주년을 앞두고 우리 근대사의 가장 아픈 질곡인 강제동원의 흔적을 찾아 일본 전국을 돌아보겠다는 계획으로 발전했다. 그 계획은 결국 일본 최북단의 땅까지 나를 오게 만들었다. 소야곶에 서니 멀리 러시아 사할린이 희미하게 보였다. 소야곶에서 사할린까지는 불과 43km밖에 떨어져 있지 않다. 사할린 역시 우리의 슬픈 역사가 땅 깊이 아로새겨진 곳이다. 이 땅이나 저 땅이나 우리에게는 모두 아픈 땅이다. 희미하게 보이는 사할린 땅을 바라보며 그곳에 살고 있는 조선인의 후손을 생각했다. 아픔은 대를 이어 그들이 살고 있는 땅에 전해진다.

## • 기도의 탑祈りの塔

기도의 탑.
소야곶 공원에서 가장 눈에 띄는 조형물로
학이 날개를 펼친 형상으로 세워졌다.

소야곶을 상징하는 일본 최북단의 땅 표지석에서 도로를 건너 언덕에 오르면 소야곶공원이 있다. 공원에 오르면 날개를 편 학의 모습을 한 거대한 조형물이 보인다. 기도의탑이다. 1983년 9월 1일, 뉴욕을 출발해 알래스카 앵커리지를 경유해서 김포공항으로 향하던 대한항공 007편이 사할린 상공에서 소련 전투기에 의해 요격됐다. 이 사건으로 승객 246명과 승무원 23명이 모두 사망했는데 사망자 가운데 한국인이 105명, 미국인이 62명, 일본인이 28명이었다. 당시 소련은 피해 당사국의 사고 조사는 물론 유족들이 기체가 추락한 영해에 접근하는 것도 허락하지 않았다. 유족들은 어쩔 수 없이 소야곶 앞바다에 배를 타고 나가 진혼제를 지내고, 소야곶 공원에 기도의 탑을 세울 수밖에 없었다. 당시 자유 진영과 공산 진영 사이 치열했던 냉전이 불러온 현대사의 비극이었다.

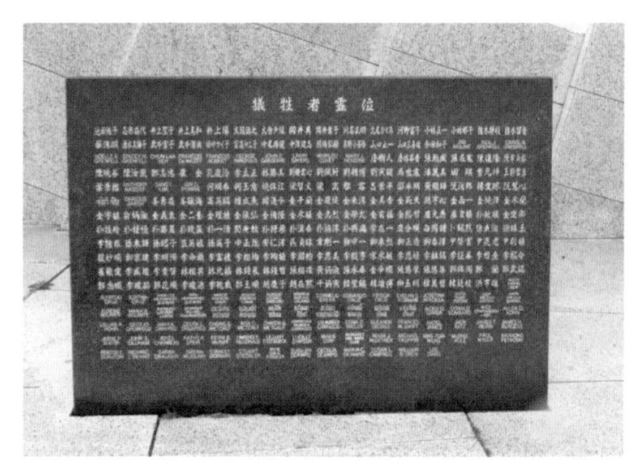


대한항공 007편 격추 사건으로 희생된
승객 246명과 승무원 23명의 이름이 새겨져 있다.

# 14 일 차

2024년 5월 11일
누적 이동거리
4258.4km

JR왓카나이역.
일본 본토 최북단에 있는 역으로
일본 철도 마니아들의 성지 같은 곳이다.

일본 최북단 도시인 왓카나이의 아침이 밝았다. 잔뜩 흐린 날씨였지만 아침 일찍 산책도 할 겸 카메라를 메고 호텔을 나섰다. 공원에는 사슴이 한가로이 풀을 뜯고 있었다. 일본 최북단 선로가 있는 왓카나이역은 지난밤 묵었던 호텔 바로 앞에 있었다. 역 앞에는 왓카나이돔 방파제가 있는데 러일전쟁 승리 이후 일본의 북방영토 야욕이 본격적으로 시작되던 때 지어 1936년에 완공된 건축물이다. 러일전쟁 승리 이후 일본은 본격적인 군비 확충에 나섰고 국가 이념은 군국주의로 치달았다. 당시 일본의 영토 확장 욕구는 제정 러시아의 간담을 서늘하게 했고 일본이 북방영토로 부르는 사할린을 비롯한 쿠릴 열도의 대부분을 세력권에 두기도 했다. 왓카나이 시내에서는 러시아에 속한 이 북방영토를 돌려달라는 구호를 자주 볼 수 있다. 일본은 러시아와는 북방영토, 중국과는 센카쿠 제도, 우리와는 독도를 두고 영토 분쟁을 벌이고 있다. 아직도 일본은 영토 확장의 야욕을 버리지 못하고 있는 것이다.

왓카나이 북방파제돔.
1931년 착공해 1936년 완공됐다. 당시 왓카나이항 이용객들은
돔을 지나 사할린으로 가는 여객선을 탔다고 한다.

아사지노 육군 비행장으로 가는 기차역이 있던 자리

### • 구 일본 육군 아사지노 비행장터 旧日本陸軍浅茅飛行場趾

소야곶에서 오호츠크해를 따라 동쪽으로 한 시간 남짓 달리면 일본 최북단의 작은 어촌인 사루후쓰무라에 닿는다. 해안 도로에서 오른쪽으로 방향을 틀어 드넓은 목초지 사이로 난 길로 접어들었다. 구글맵 좌표로 찾아온 이곳에는 태평양전쟁 당시 일본 육군이 소련과의 전쟁에 대비해 건설했던 비행장터가 있다. 도로 옆에 오토바이를 세우고 무성하게 자란 수풀을 헤치며 몇 걸음 들어가니 녹슨 철로가 보인다. 비행장을 오가던 철도의 흔적이다. 내가 오토바이를 세운 곳은 철도역이 있던 자리였고 이름은 히코우조마에에키(飛行場前驛), '비행장 앞' 역이었다. 비행장은 태평양전쟁 말기인 1942년부터 1944년까지 건설됐다. 이 공사에 조선인 4,000여 명이 동원됐고 백 명 이상 숨진 것으로 알려지고 있다. 당시 일본 육군은 조선인 노동자가 숨지면 인근 일본인 공동묘지 주변에 아무렇게나 땅을 파고 매장했다고 전해진다. 공사장 구덩이에 시신을 던져 버리고 공사를 계속 진행했다는 증언도 있다. 조선인들은 죽어서도 강제노동의 현장을 벗어나지 못한 것이다.

이 같은 사실은 인근 하마톤베쓰 지역 고등학생 동아리와 시민단체들의 조사로 세상에 알려지게 됐다. 2005년에는 두 나라의 시민단체와 대학생들이 1차 유해 발굴을 진행했고, 이후 2009년까지 모두 3차례에 걸쳐 발굴 작업을 진행해 40여 구의 유해를 발굴했다고 한다. 유

당시 철로 일부가 수풀에 가려진 채 남아 있다.

해 발굴이 진행됐던 곳이 그리 멀지 않은 곳에 있고 추도목비도 세워져 있다고 하지만 수풀이 우거져 있고 위치가 정확하지 않아 도저히 찾아갈 방법이 없었다. 아사지노 비행장에서 희생된 조선인의 존재를 세상에 처음 알린 지역 주민들은 이후에도 계속 관심과 정성을 쏟았다. 2019년에는 두 나라의 시민단체들이 위령비를 세우기로 하고 관련 작업을 추진하기도 했다. 하지만 이 사실이 매스컴을 통해 알려지면서 일본 전역의 우익들이 협박 전화와 편지를 보내 건립 중단을 압박하고 신변에 위협을 가하면서 위령비 건립은 무산됐다. 어느 나라든지 상식을 벗어난 극단주의자들은 있게 마련이지만 그들의 뒤에 숨어 책임을 회피하고 있는 일본 정부의 행태는 과거나 지금이나 전혀 변한 것이 없어 보인다.

아사지노 비행장터 답사를 마치고 오호츠크해를 따라 홋카이도 북동쪽으로 계속 이동했다. 오늘의 최종 목적지는 시레토코반도의 입구인 샤리 마을이다. 280km로 짧지 않은 거리지만 홋카이도 최북단의 이국적인 풍광을 즐기느라 전혀 지루하지 않았다. 샤리에 도착하기 전 아바시리감옥박물관에 들렀다. 메이지시대인 19세기 후반에 지어진 이 감옥은 일본에서 가장 악명 높은 곳으로 홋카이도 북방 개척사에서 중요한 의미를 지닌 곳이다. 메이지 정부는 홋카이도 개척에 죄수들을 동원했고 이후 전쟁 시기에는 조선인들로 부족한 노동력을 충당했다.

아바시리감옥박물관을 떠나 생전 처음 겪어보는 강풍을 견디며 '하늘과 이어진 길' 을 달렸다. 30km 이상의 직선도로가 지평선과 맞닿아 있어 마치 길의 끝에 하늘이 있는 듯 묘한 착시를 불러일으키는 곳이다. 홋카이도의 자연은 직접 보지 않고는 믿어지지 않을 만큼 황홀감을 안겨준다. 이 아름다운 땅에서조차 식민지 조선인들은 가혹한 노동과 착취에 시달렸다는 사실에 가슴이 먹먹해졌다. 식민지 조선인에게 이국의 아름다운 땅 홋카이도는 어떤 곳이었을까.

아바시리감옥박물관

하늘로 이어진 길

# 15 일차

2024년 5월 12일
누적 이동거리
4617.9km

• 시레토코국립공원知床国立公園

오전 7시, 시레토코국립공원에 가기 위해 서둘러 길을 나섰다. 시레토코(知床)는 홋카이도 북동쪽 끝의 반도로 사람의 손길이 거의 닿지 않아 태초의 자연환경을 그대로 보존하고 있는 곳이다. 곰과 사슴, 북방 여우, 흰꼬리수리, 향고래 등 이름만 들어도 아름다운 다양한 동물들이 서식하고 있어 생태계의 보고라 불리는 곳이다. 이 아름다운 자연환경으로 1964년 국립공원에, 2005년에 유네스코 세계자연유산에 지정됐다. 한 달을 있어도 다 볼 수 없는 곳이지만 일정상 시레토코에 있는 다섯 개 호수 중 첫 번째 호수만 보고 시레토코횡단도로를 건너 다시 홋카이도 내륙으로 돌아가기로 했다.

다섯 개의 호수가 있는 시레토코고코(知床五湖) 중 첫 번째 호수는 전문 가이드가 없어도 자유롭게 둘러볼 수 있지만, 나머지 네 호수는 불시에 출몰하는 야생곰 때문에 사전 예약을 해서 전문 가이드와 동행해야만 볼 수 있다. 시레토코는 단일 면적상 서식하는 곰의 개체수가 세계에서 가장 많은 곳이다. 홋카이도와 일본 본토 북부에 주로 서식하는 곰을 일본어로 히구마(ヒグマ)라고 부르는데 다 자란 곰의 경우 2m가 넘고 몸무게는 300kg 이상 나간다. 첫 번째 호수로 가는 목책길 아래에는 고압 전기 울타리가 설치돼 있어 곰이 접근할 수 없기에 가이드 없이도 둘러볼 수 있는 것이다.

시레토코는 지금껏 단 한 번도 개발된 적이 없는
홋카이도의 보물이다.

시레토코의 다섯 개 호수 중 첫 번째 호수는
전문 가이드 없이 탐방할 수 있다.

시레토코 호수를 보고 나오는 길에 만난 곰

내가 갔을 때는 겨울잠에서 깨어난 곰이 먹이를 찾아 도로에 내려오는 경우가 많고 공격성이 강하기 때문에 특히 조심해야 할 시기였다.

시레토코고코 주차장에서 목책길에 접어드는 순간 나도 모르게 탄성이 터져 나왔다. 다섯 개의 거대한 설산 봉우리를 배경으로 펼쳐진 태초의 자연 앞에서 나는 할 말을 잊었다. 목책길은 비록 사람이 만든 시설물이지만 자연 그대로의 풍경에 묘하게 녹아들어 마치 자연의 일부인 것처럼 보였다. 일정상 다른 네 곳의 호수를 둘러볼 시간이 되지 않는 것에 대한 아쉬움이 물밀듯이 밀려왔다. 언제 또 올 수 있을지 알 수 없지만 다음을 기약하며 첫 번째 호수에서 아쉬운 발길을 돌릴 수 밖에 없었다.

주차장을 떠나 시레토코횡단도로에 진입하기 전 평생 잊지 못할 경험을 했다. 말로만 듣고 영상으로만 보던 곰을 만난 것이다. 주차장에서 나와 커브길을 도는 순간 멀리서 거대한 덩치의 곰이 터벅터벅 걸어오고 있었다. 순간 온몸의 털이 바짝 곤두서는 공포와 함께 반가움이 느껴졌다. 반사적으로 곰을 피해 반대 차선으로 오토바이를 몰아 지나쳐 가는 그 순간의 복잡미묘한 감정이 지금도 생생하게 느껴진다. 그 순간이 헬멧에 설치해 놓은 카메라에 고스란히 담겼다.

놀란 마음을 추스르고 가만히 생각해 보니 원래 이곳의 주인은 아이누족과 곰이었다. 때 묻지 않은 시레토코의 대자연을 보고 탄성을 질렀지만 돌이켜 보면 그것은 당연한 것이지 자랑할 일이 아니다. 인간은 문명이라는 이름으로 너무나 많은 생명체들의 삶의 터전을 빼앗았다. 홋카이도의 원래 주인인 아이누족의 비극도 곰의 비극과 다르지 않다. 홋카이도의 또 다른 국립공원인 아칸호에 자리 잡은 아이누민속마을은 그래서 슬픈 곳이다. 극소수의 아이누족이 관광지로 꾸며진 마을에서 관광객들에게 목각 공예품을 팔거나 민속 공연을 하는 것으로 명맥을 이어가고 있다. 역사에는 가정이 없다지만 우리도 만약 해방을 맞이하지 못했다면 지금 어떤 모습으로 살아가고 있을까.

아이누코탄.
'코탄'은 아이누족 말로 부락이라는 뜻이다.

# 16 일차

2024년 5월 13일
누적 이동거리
4887.8km

## • 삿포로 조선인 순난자 위령비札幌朝鮮人殉難者慰靈碑

어제는 홋카이도에서 세 번째로 큰 도시인 오비히로에서 하루를 묵었다. 오늘 밤 페리 터미널이 있는 오타루까지 이동하기 위해 홋카이도 중부에 있는 오비히로를 숙박지로 정했던 것이다. 비 예보가 있어 준비를 단단히 하고 삿포로를 향해 출발했다. 오비히로에서 삿포로까지는 150km, 두 시간 반 정도의 거리다. 오비히로를 벗어나자마자 빗방울이 떨어지더니 이내 세찬 비가 내렸다. 비를 맞으며 구글맵이 안내하는 대로 높은 산 하나를 넘었다. 산 정상은 구름에 덮여 있어 10m 앞도 잘 보이지 않는다. 거센 비가 계속 내리고 있어 국도로 이동하기에는 너무 위험하다고 판단해 삿포로를 100km 정도 남겨놓은 곳에서 고속도로로 경로를 변경했다.

최종 목적지인 오타루에 가기 전 삿포로에 간 이유는 조선인 순난자 위령비를 답사하기 위해서였다. 홋카이도의 주도인 삿포로는 홋카이도 개척의 거점 도시였던 만큼 수많은 조선인이 끌려와 강제노동에 시달렸던 곳이다. 도시가 발전하면서 과거의 흔적들이 대부분 사라져 볼 수 없을 뿐이다. 삿포로에서 숨진 조선인을 위한 위령비는 1986년 민단 주도로 건립됐다. 처음에는 삿포로 도심에 세우려고 했지만 시민들의 반대로 도심에서 한참 떨어진 외곽에 세웠다고 한다. 넓은 주차장 한편에 위령비가 있다.

삿포로 외곽 평화의 폭포공원에
세워진 조선인 순난자 위령비

한일우호의 광장.
평화의 폭포공원 주차장을 말하는 듯하다.

순난비 옆에 있는 한일우호의 광장비

주차장 건너편에는 평화의 폭포라 불리는 작은 폭포가 있어 삿포로 시민은 이곳을 '평화의 폭포공원' 이라고 부른다. 위령비 옆에는 작은 표지석이 하나 있는데 '한일우호의 광장' 이라는 한자가 새겨져 있다. 아마도 주차장을 우호의 광장으로 이름 붙인 듯하다. 이곳을 원래부터 평화의 폭포공원이라고 불렀는지, 아니면 위령비 건립을 계기로 그렇게 불렀는지는 확인하지 못했다. 또 한일우호의 광장이라고 명명한 것에 대한 합의가 있었는지도 분명하지 않다. 다만 인적이 드문 도심 외곽에 위령비가 있다는 사실이 마음에 걸릴 뿐이었다.

삿포로 도심에 위령비를 세우지 못하게 한 시민들에게 언뜻 서운한 감정을 느낄 수도 있겠지만 생각해 보면 우리 사회에도 님비 현상이란 게 있지 않은가. 현재를 살아가는 일본 국민의 입장에서 생각해 보면 조상들이 저지른 잘못에 대해 사과를 요구받는다는 것이 그리 유쾌한 일은 아닐 것이다. 무엇보다 일본의 역사 교육이 제대로 이뤄지지 않고 있으니 더욱더 그럴 것이다. 그렇다고 해서 있었던 일을 없었던 것으로 할 수는 없다. 역사적 사실을 받아들일지 말지는 개인의 판단에 맡기더라도 왜곡하거나 과장하지 않은 역사적 사실 그대로를 알려야 한다. 있는 그대로의 역사를 공유하는 것에서부터 진정한 한일우호가 시작된다고 믿는다.

삿포로 조선인 순난자의 비 답사를 끝으로 홋카이도에서의 일정을 마무리하고 밤 11시 50분에 출발하는 페리를 타기 위해 오타루 페리 터미널로 이동했다. 오후 6시까지 도착해서 전화로 미리 예약해 둔 승선권을 발급받아야 했다. 다행히 제시간에 승선권을 발급받은 뒤 오토바이에서 짐을 정리하고 있는데 누군가 말을 걸어왔다. 아버지가 한국인이고 어머니가 일본인이라고 한다. 원래 낯선 사람에게는 말을 잘 걸지 않는데 나에게는 왠지 말을 걸고 싶었다고 했다. 일본에서 나고 자라 한국말도 할 줄 모르지만 어릴 때부터 계속 한국에 끌렸다고 하면서 피가 무서운 것이라고도 했다. 그분과 이야기를 나누다가 헤어졌다. 나중에 터미널에서 출항을 기다리고 있는데 과일 주스와 소시지 두 개가 들어 있는 비닐 봉지를 불쑥 내밀면서 한참 동안 나를 찾았다고 했다. 삿포로에 사는 후지이 상이다.

한국에서 온 오토바이 여행자에게 따뜻한
정을 보여주신 후지이 상

# 17 일차

2024년 5월 14일
누적 이동거리
4887.8km

신니혼카이페리는 홋카이도 오타루항에서 교토 마이즈루항까지
22시간 동안 동해를 항해했다.

• 신니혼카이페리

홋카이도에서 혼슈의 마이즈루항까지는 꼬박 22시간이 걸렸지만 그동안 피로가 꽤 많이 쌓였는지 계속해서 잠만 자느라 지루함을 느낄 새도 없었다. 깨어 있을 때는 지금까지 촬영한 사진들을 정리하고 글도 다듬어가며 시간을 보냈다. 페리는 저녁 9시 반 마이즈루항에 도착했다. 우키시마호 순난의 비가 있는 바로 그 마이즈루항이다. 미리 예약한 항구 근처 호텔에 짐을 풀고 배에서 만나 친해진 오토바이 여행자 두 명과 호텔 근처 식당에서 같이 맥주를 마시며 많은 얘기를 나눴다. 부산에서 온 청년들인데 오토바이로 세계 곳곳을 여행하며 영상을 만든다고 했다. 여행의 즐거움 중 하나가 이렇게 새로운 인연을 만나는 것이다.

페리에서 만난 부산의 오토바이 여행자들

# 18 일차

2024년 5월 15일
누적 이동거리
5014.6km

## • 마이즈루 붉은벽돌공원 舞鶴赤れんがパーク

호텔을 나와 마이즈루를 떠나기 전 마이즈루 붉은벽돌공원을 찾았다. 마이즈루는 과거 일본 해군의 주요 기지 중 한 곳으로 지금도 해상자위대 방면 총감부가 있는 곳이다. 공원으로 가는 길 건너로 해상자위대의 군함들이 보였다. 마이즈루 붉은벽돌공원은 전쟁 당시 해군의 군수 창고로 쓰던 건물을 리모델링해서 관광지로 꾸민 곳이다. 각종 공연장과 체험장, 상점 등이 들어서 있는 마이즈루의 대표 관광지다. 이 공원을 비롯해 마이즈루가 적극 홍보하고 있는 관광상품은 바로 해군이다. 해상자위대가 아니라 해군이라는 점에 주목해야 한다. 붉은벽돌공원의 기념품 판매점에는 해군을 브랜드화한 상품밖에 보이지 않는다. 해군 티셔츠, 해군 모자, 해군 배지 등등이다. 가장 눈에 띄는 것이 카레다. 러일전쟁 당시 일본 해군에게 카레를 보급한 것이 일본 카레의 시작이었다는 사실을 기념하고 있는 듯했다. 욱일승천기가 요란하게 디자인된 카레 포장지를 보고 있으니 마음이 불편해졌다.

마이즈루 붉은벽돌공원은 과거 제국 해군에 대한 일본인의 그리움이 가득한 공간이다. 태평양전쟁 패전 이후 미국 주도의 연합국 군정 체제에서 제정된 일본 헌법은 자국 방위를 위한 제한적인 무력 사용만 허용했다. 자신들이 저질렀던 잔학한 전쟁 범죄에 대한 참회의 의미였다. 하지만 언제부턴가 일본 내에서 헌법 개정을 통해 전쟁 가능

옛 해군 군수창고를 문화 상업 시설로 개조한
마이즈루 붉은벽돌공원

마이즈루 붉은벽돌공원의 주력 상품은 해군이다.

한 군대를 보유하려고 하는 움직임이 일어났고 최근에는 더 노골화, 구체화되고 있다. 전쟁 범죄의 주체였던 해군을 관광상품화하고 거기에 열광하는 데 그치지 않고 과거 군국주의를 그리워하는 일본인들을 그저 지켜보기만 해야 할까. 근대화 이후 일본 군부가 청일전쟁, 러일전쟁, 중일전쟁, 태평양전쟁을 차례대로 일으킬 수 있었던 것은 당시 전쟁 특수를 바라는 일본 국민들의 압도적인 지지 때문이었다. 역사는 반복된다고 했다. 마이즈루의 해군 상품에 열광하는 일본 사람들, 평화헌법 개정에 찬성하는 비율이 점점 더 높아지고 있다는 일본 내 여론의 움직임을 가볍게 넘겨서는 절대로 안 될 것이다.

마이즈루는 지금도 해상자위대의 방면본부가 있는
주요 군사 항구이다.

• **단바망간기념관** 丹波マンガン記念館

마이즈루를 벗어나 구불구불한 산길을 지나 교토로 향했다. 지금 가는 곳은 단바망간기념관이다. 망간은 철을 만드는 데 반드시 필요한 광물로 핵심 군수 물자였다. 교토 단바시에 있는 이 광산에 조선인 3,000여 명이 강제동원됐다. 그들 중 한 명이었던 고 이정호 씨가 1989년 폐광산을 인수해 개관한 것이 단바망간기념관이다. 이 기념관은 일본에서 유일한 조선인 강제동원 관련 기념관으로 1995년에 이정호 씨가 사망하고 아들이 운영을 맡았지만 재정난을 겪으면서 폐관과 개관을 반복하고 있다고 한다.

교토 단바망간기념관.
문이 굳게 닫혀 있다.

기념관으로 가는 좁은 산길 곳곳에 낡은 입간판이 서 있었다. 길 옆으로 아무렇게나 자라 무성해진 수풀을 보니 오랫동안 관리되지 않았음을 알 수 있었다. 혹시나 하는 불안한 마음을 안고 한참을 더 달려 기념관에 도착했는데 역시 문은 굳게 닫혀 있었다. 입구에는 "코로나19 확산으로 인한 교토부의 자숙 요청을 받아들여 임시 폐쇄한다"는 빛바랜 안내판이 붙어 있었다. 문을 닫은 지 3년 이상 지났다는 말이다. 일본에서 유일한 조선인 강제동원 관련 기념관이 이렇게 폐쇄된 채 방치돼 있었다.

'코로나19 확산에 따른
교토부의 자숙 요청으로 문을 닫는다'는
안내문이 걸려 있다.

기념관 근처 국도 휴게소에서 잠시 쉬고 있는데 젊은 남성 한 사람이 한국말로 반갑게 인사를 했다. 결혼해서 일본에 살고 있는데 한국 번호판을 보니 무척 반가웠다며 말을 걸어 왔다. 나도 반가워서 이런 저런 이야기를 나누다가 망간기념관에 대해 물어보니 코로나 이후로 문을 닫았을 것이라고 했다. 평소 주민들 사이에서 혐오시설로 인식되고 있었는데 교토부로서는 코로나가 좋은 구실이 됐을 거라는 말이었다. 부끄러운 역사는 철저히 감추고 외면하는 이 한결같은 모습을 뒤로하고 아쉽고 씁쓸한 마음을 안은 채 교토에 도착했다.

# 19 일 차

2024년 5월 16일
누적 이동거리
5014.6km

교토 도시샤대학 교정에 세워진 윤동주 시비

• 도시샤대학 윤동주 시비同志社大学 尹東柱 詩碑

교토에서의 둘째 날, 도시샤대학의 윤동주 시비를 찾았다. 대학 예배당 옆에 세워진 윤동주 시비 주위로 꽃다발과 태극기가 가득했다. 잠시 묵념을 올리고 방명록에 글을 남겼다. 윤동주는 1917년 12월 30일 북간도의 명동촌에서 태어나 명동 학교와 평양 숭실중학교를 거쳐 서울 연희전문학교 재학 중 시인으로 등단했다. 1942년 일본 교토의 도시샤대학 영문과에 입학했고, 다음 해 항일 운동 혐의로 체포돼 후쿠오카 형무소에 투옥됐다가 해방 6개월을 앞두고 스물일곱의 젊은 나이에 옥사했다. 감옥에서 백여 편의 시를 남겼고 사후에 시집 『하늘과 바람과 별과 시』가 출간됐다.

도시샤대학 윤동주 시비는 이 대학 교우회인 '코리아클럽' 에 의해 1995년에 세워졌다. 도시샤대학은 교정에 개인 기념물 설치를 원칙적으로 금지하고 있지만 특별히 예외를 허용했다고 한다. 대학 측은 왜 윤동주 시비에 대해서만큼은 예외를 허용했을까. 윤동주 시비의 건립 과정을 자세히 기록해 놓은 자료를 찾지 못해 정확한 이유는 알 수 없지만 도시샤대학의 건학 이념을 보니 알 것 같기도 하다. 기독교 이념을 바탕으로 1875년 세워진 도시샤대학의 건학 이념은 '양심' 이다.

교토시를 가로질러 흐르는 가모가와(鴨川)

## • 엔저 현상과 오버투어리즘

오토바이를 타고 하루 300km 정도를 3주 이상 달리다 보니 피로가 많이 쌓인 것 같아 휴식을 위해 교토에서 하루 더 머물기로 했다. 교토는 여행과 출장으로 여러 번 왔던 도시이기 때문에 익숙한 풍경이 많아 이곳저곳을 가볍게 둘러보며 쉬어 갈 계획이었다. 그런데 결과적으로는 좋은 선택이 아니었다. 거의 10년 만에 다시 교토에 왔는데 그때와 지금은 달라도 너무 달랐다. 평일이었는데도 관광객이 넘쳐났고 모든 버스가 만원인 데다 택시도 잡기 어려웠다. 관광객에게 떠밀려 이리저리 치이다가 반나절도 안 돼 지친 몸으로 호텔에 돌아오고 말았다.

최근 몇 년 동안 일본 주요 도시마다 몰려오는 관광객들로 몸살을 앓고 있는데 교토는 그중에서도 특히 심한 곳이라고 한다. 엔저 현상이 장기화하면서 물가가 다른 나라들에 비해 상대적으로 저렴해져 일본 내에서는 '싸구려 일본' 이라는 자조 섞인 유행어까지 등장했다. 이 현상은 80년대와 90년대 초에 초, 중, 고등학교를 다녔던 나로서는 보고도 믿기 힘든 상황이다. 과거 전 세계의 부동산과 고가품을 쓸어 담던 콧대 높았던 일본이 지금은 그들의 표현대로 싸구려가 돼 버린 것이다.

도저히 넘을 수 없을 것만 같았던, 시쳇말로 넘사벽이었던 일본이었는데 이제는 많은 부문에서 한국이 일본과 어깨를 나란히 하거나 오히려 앞선 모습을 보여 주고 있다는 사실이 놀랍기도 하고 자랑스럽기도 하다. 이런 나의 생각을 소위 국뽕이라고 하는 사람들도 있겠지만 10대, 20대들의 생각을 들어보면 과거와는 다르다는 것을 느낄 수 있다. 이들에게 일본은 매력적인 나라임에는 분명하지만 예전처럼 우리가 열등감을 느껴야 하는 나라는 아니다. 일본의 젊은 세대들에게도 한국은 매력적인 한류의 나라이지 예전처럼 무시하고 깔볼 나라가 아니다.

이것은 한국과 일본의 근본적인 관계 개선을 위해 매우 중요한 인식의 변화라고 생각한다. 그렇다고 해서 미래가 중요하니 과거는 묻어두자는 말이 아니다. 오히려 기성세대가 풀지 못했던 두 나라의 과거사 갈등을 새로운 관점에서 풀어나갈 수 있도록 길을 열어 주자는 것이다. 그러기 위해서는 두 나라의 젊은 세대에게 일제강점기의 불행했던 역사를 왜곡과 과장 없이 알리고 판단은 그들에게 맡겨야 한다고 생각한다. 다른 시대를 사는 그들은 분명 우리 기성세대와는 다르게 판단하고 서로의 미래를 위해 올바른 결정을 내릴 것이다. 두 나라의 기성세대가 매듭짓지 못한 과거가 젊은 세대들이 만들어갈 미래의 걸림돌이 돼서는 안 될 일이다.

# 20 일차

2024년 5월 17일
누적 이동거리
5200.1km

저수지라기에는 작고, 못이라기에는 큰 쇼와못

쇼와못 위령탑.
주차장 구석진 곳의 수풀 속에 세워져 있다.

• **쇼와못**昭和池

교토에서 사흘을 머문 뒤 효고현으로 이동하는 날이다. 오늘은 효고현 가토시에 있는 쇼와못을 촬영하고 고베시로 이동하는 일정이다. 쇼와못이 있는 가토시는 인구 4만 명이 채 안 되는 작은 농촌이다. 가토시 중심가를 지나 시골길로 접어드니 쌀농사를 주로 짓는 전형적인 일본의 농촌 풍경이 펼쳐졌다. 쇼와못은 1934년 농업용으로 판 못인데 지금은 못 둘레와 인근 야산이 등산 코스로 유명해서 휴일이면 관광객들이 많이 찾고 있다고 한다. 주차장에 오토바이를 세우고 제방에 올라가 보니 저수지라고 하기에는 작고 못이라고 하기에는 큰 규모의 쇼와못이 있다. 이 못을 만들 때 다이너마이트 폭발 사고가 있었고 이로 인한 토사 붕괴로 7명이 숨졌는데, 그중 4명이 조선인이었다.

자료에는 희생자 위령탑 사진이 있었는데 주변을 아무리 찾아봐도 보이지 않았다. 못 주변과 야산을 한 시간 넘게 헤맸는데도 찾을 수가 없었다. 반쯤 포기하고 주차장으로 내려오다 보니 주차장 구석 나무 그늘 밑에 위령탑이 보였다. 위령탑 주위로 나무와 숲이 우거져 있는 데다 바로 앞 주차장에 차가 있어서 하마터면 찾지 못할 뻔했다. 내가 본 자료의 사진은 주차장이 만들어지기 전에 촬영한 것이어서 주변 환경이 지금과 너무 달라 찾지 못했던 것이다. 위령탑 뒤편에는 당시

조선인 희생자 4명과 일본인 희생자
3명의 이름이 새겨진 위령탑

사망자 7명의 이름이 또렷이 새겨져 있었다. 4명은 분명히 조선인이었다. 이 위령탑을 언제, 누가 세웠는지 알 수 없어 답답하기만 했다.

어디 쇼와못뿐이었으랴. 당시 일본 전국 각지의 크고 작은 공사현장에서 얼마나 많은 조선인들이 가혹한 노동에 시달리다가 고향땅을 그리며 쓸쓸히 죽어갔을까. 당시 조선인 동원에 강제성이 있었는지 자발적인 취업이었는지에 대한 논쟁은 여전히 진행 중이다. 하지만 그 논쟁보다 중요한 것은 메이지유신 이후 본격적으로 추진된 일본 근대화 과정에서 얼마나 많은 조선인이 동원돼 노동력을 착취당했는지 가늠조차 할 수 없다는 사실이다. 조선의 노동력이 아니었다면 일본은 과연 근대화에 성공할 수 있었을까.

● 고베전철 부설공사 조선인 노동자의 상神戸電鐵敷設工事朝鮮人労動者の像

이런 의문을 갖게 되는 곳은 효고현의 주도인 고베시에서도 찾아볼 수 있다. 쇼와못 답사를 마치고 고베시의 한 호텔에 짐을 푼 뒤 곧바로 '고베전철 부설공사 조선인 노동자의 상' 을 찾아갔다. 호텔에서 1km 정도 떨어져 있어 걸어서 다녀올 수 있는 곳이었다. 철로 아래 굴다리를 지나니 조선인 노동자의 상을 알리는 이정표가 보였다. 구석진 자리의 숲속에 주로 방치되어 있던 위령탑과는 달리 이정표까지 있어 반가운 마음이 들었다. 이정표를 따라 철로 옆으로 난 계단 길을 올라

고베전철 부설공사 조선인 노동자의 상.
1996년 일본 시민단체에 의해 세워졌다.

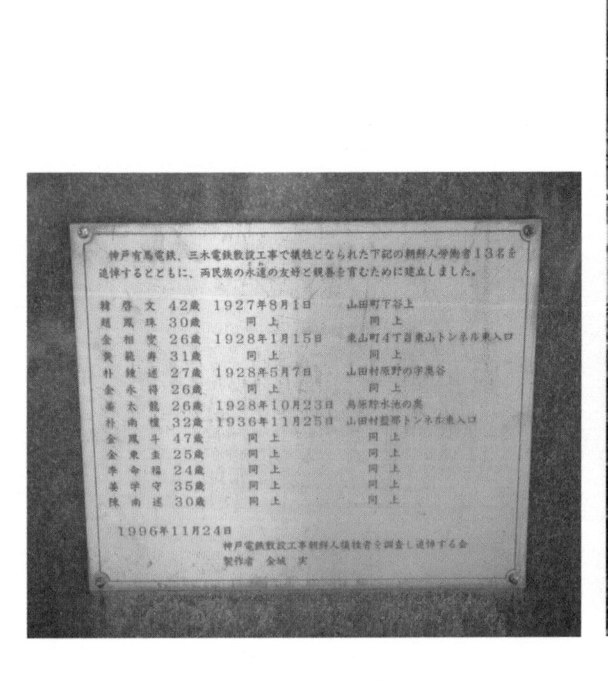


조선인 희생자 13명의 이름이 새겨진 명판

고베전철.
고베에서 간사이 최대 온천 휴양지인 아리마 온천을 오가는
열차로 지금도 운행하고 있다.

가니 곡괭이를 든 노동자의 상이 보였다. 한동안 사람의 손길이 닿지 않은 듯 잡초가 우거져 있고 조각상 주위로 시든 꽃다발 몇 개가 흩어져 있었다. 조선인 노동자의 상은 1996년 일본의 시민단체가 주도해서 세웠는데 뒤편 명판에는 조선인 희생자 13명이 이름이 새겨져 있다.

고베전철은 고베시에서 아리마온천까지 34.5km 구간의 철도로 1920년대에 건설되었다. 간사이 지역 최대 온천 휴양지인 아리마온천으로 관광객을 실어 나르기 위한 철도 공사에 조선인 1,800명을 동원한 것이다. 가혹한 노동 환경에 임금 체불도 잦아 4번이나 노동쟁의가 일어났다는 기록도 있다. 강제동원이냐, 자발적인 취업이냐는 논쟁은 무의미하다. 고베전철을 비롯해 지금까지 내가 답사한 철도와 댐, 탄광 등이 일본 근대화는 식민지 조선인의 땀과 눈물, 그리고 피로 이뤄졌다는 사실을 증명하고 있다.

# 21 일차

2024년 5월 18일
누적 이동거리
5478.5km

## • 고베항 평화의 비 神戸港平和の碑

고베항 평화의 비는 호텔에서 지하철로 두 정거장 거리의 가까운 곳에 있어 체크아웃 전에 잠시 다녀오기로 했다. 평화의 비는 2008년 고베의 시민단체가 세운 것으로 태평양전쟁 당시 일본의 만행을 간접적으로 보여 주고 있다. 당시 일본군의 주요 군수기지이자 군사항이었던 고베항에 노동력이 부족해지자 일본은 조선인과 중국인, 연합군 포로를 강제노동에 동원했다. 비에는 이런 사실을 인정하고 다시는 이런 일이 없도록 평화를 기원한다는 내용이 새겨져 있었다. 시민단체 '조선인과 중국인 강제연행을 조사하는 모임' 이 주도 했는데 일본에는 이런 시민단체들이 적지 않다. 일본 정부는 역사를 숨기고 왜곡하고 있지만 깨어있는 일본 시민들이 올바른 역사 알리기를 하고 있어 다행이라는 생각이 들었다.

효고현을 떠나기 전 '조선인 무연고자 위령비' 를 찾아보기로 했다. 효고현 아이오이라는 도시의 젠코지라는 절에 위령비가 있다는 것만 알 뿐 정확한 위치는 알지 못했다. 아이오이시에 젠코지라는 절이 두 곳밖에 없으니 모두 가보면 된다. 첫 번째 젠코지는 야트막하지만 제법 경사가 있는 산 위에 있었다. 위령비가 하나 있어 가까이 가보니 소방 순직자 위령비였다. 주변을 모두 둘러보아도 내가 찾는 위령비는 보이지 않았다. 6km 정도 떨어진 또 다른 젠코지에도 위령비는 없었

고베항 평화의 비.
태평양전쟁 당시 조선인, 중국인, 연합군 포로들의
강제노역에 대해 유감을 표시하는 문구가 새겨져 있다.

다. 그런데 절 이름이 젠코지가 맞기는 한데 코 자가 '빛 광(光)' 자가 아닌 '행할 행(行)' 자였다. 일본어로는 둘 다 '코'로 읽는다. 그렇다면 첫 번째 갔던 절에서 미처 찾지 못했던 것일까. 다시 돌아가 보고 싶었지만 남은 일정 때문에 포기할 수밖에 없었다.

아이오이 조선인 무연고자 위령비는 1991년 조선인으로 추정되는 유골 60여 구가 젠코지라는 절에서 발견되면서 민단과 조총련, 아이오이시 등이 협력하여 1995년에 세웠다고 한다. 그런데 아이오이라는 글자가 재미있다. 한자로 상생(相生)이라고 쓰는데 '함께 잘 살자' 라는 바로 그 상생이다. 위령비를 찾지 못하고 돌아오면서 그들이 이루고자 했던 상생, 함께 잘 사는 것의 '함께' 에 과연 조선인도 포함됐을까를 생각했다.

# 22 일 차

2024년 5월 19일
누적 이동거리
5664.6km

아침 8시, 출발 준비를 하고 있는데 누군가가 "안녕하세요."라고 한국말로 인사를 건네왔다. 일본인 부부가 어제 내 오토바이의 한국 번호판을 봐서 무척 반가웠다며 인사를 했다. 한류 팬이라는 다치바나 상 부부다. 이름을 물어보니 한국말로 귤이라고 했다. '다치바나'는 한자로 귤(橘)이라고 쓴다. 일본어로 미깡(귤)이 자기 이름이라며 유쾌하게 웃었다. 부부 모두 한국어를 곧잘 하는 1세대 한류 팬이었다. 잠깐 동안 한류와 내 여행에 대해 이야기를 나누고 서로의 행운을 빌어 주었다. 기분 좋은 하루의 시작이었다.

한국을 사랑하는 1세대 한류 팬 다치바나 상 부부

• 고보댐高暮ダム · 오도마리댐王泊ダム

오늘은 히로시마현에 있는 고보댐을 촬영하고 거기에서 100km 정도 떨어져 있는 오도마리댐을 촬영한 뒤 히로시마로 가는 일정이다. 200km가 되지 않는 거리라 큰 부담은 없는 날이었다. 지금까지 5,000km 넘게 달리다 보니 하루 200~300km 정도는 아무것도 아니었다. 한적한 시골길을 재미있게 달려 고보댐이 있는 산길로 접어들었다. 그런데 마지막 7km 정도 남은 산길이 지금까지 다닌 길 중에서 난이도를 따지자면 최상급이었다. 심한 경사에 밤새 비가 내려 미끄럽기까지 했다. 맞은편에서 차라도 한 대 내려온다면 둘 다 오도 가도 못할 그런 길이었다. 조선인 강제동원자들도 이 험한 길을 따라 고보댐 공사 현장으로 끌려갔을 것이다.

고보댐은 1940년 착공돼 일본 패전 후인 1949년에 완공됐다. 조선인 2,000여 명이 동원돼 가혹한 노동에 시달렸는데 대부분이 경상도 출신이었다고 한다. 고보댐의 높이는 70m에 이른다. 당시로서는 보기 힘든 높은 댐이었다. 공사 당시 추락사고가 잦았는데 조선인이 추락하면 구조하지 않고 시멘트를 덮어 그대로 공사를 진행했다고 한다. 조선인 희생자가 너무 많아 인골(人骨)댐이라고 불렀다는 증언이 쏟아졌다고도 전해진다. 당시 일본에서는 댐이든 건물이든 사람의 피와 뼈가 섞여야 튼튼하게 지어진다는 미신 같은 이야기가 널리 퍼져있었고, 희생의 대상은 주로 조선인이었다는 증언들을 일본 전역의 강제 동원 현장에서 들을 수 있었다고 한다. 당시 일본에 만연했던 인명경시 풍조 때문에 식민지 조선인들의 희생이 더 컸을지도 모른다는 생각을 하니 참담하고 슬프기만 하다.

댐 옆에 세워진 추도비 뒷면에는 조선인이 연행됐다는 표현과 잔혹한 식민지배에 반성한다는 문구가 새겨져 있다. 이번 일본일주에서 본 문구 중 가장 직접적인 사과의 표현이다. 강제로 끌고 갔다는 뜻의 '연행(連行)' 이란 표현도 처음 봤다. 추도비는 히로시마 교직원 조합, 피폭 피해자 모임, 지역 고등학생 동아리 등이 힘을 모아 1995년에 세웠다. 히로시마는 원자폭탄의 참상을 직접 경험한 곳으로 일본에서도

높이 70m의 고보댐.
조선인 강제동원자들의 희생이 많아 인골댐이라고 불린다.

추도비 뒷면에 '연행' 이라는 글자가 새겨져 있다.

오도마리댐까지 10km를 남겨 두고
낙석으로 도로가 통제돼 있다.

반전, 평화운동이 가장 활발한 지역이기 때문에 이 같은 사과와 반성의 표현을 할 수 있었던 것 같다.

오도마리댐으로 가는 길은 고보댐보다는 한결 편했다. 그런데 댐까지 10km를 남겨두고 낙석 때문에 도로를 통제하고 있었다. 오도마리댐은 1933년부터 2년 동안 조선인 1,500명이 강제동원됐는데 가혹한 노동을 견디다 못해 도망친 조선인을 붙잡으면 거꾸로 매달아 그 밑에 연기를 피우는 등 잔인하게 고문했다고 한다. 1934년 8월에는 다이너마이트 폭발 사고로 17명이 죽고 4명이 중상을 입었다고 한다.

### • 히로시마 평화기념공원 広島平和記念公園

오도마리댐을 촬영하지 못한 아쉬움을 뒤로하고 원폭돔으로 유명한 히로시마 평화기념공원으로 갔다. 이번 일본일주를 통해 내가 하고 싶은 이야기를 완성하기 위해서는 반드시 가야 하는 곳이었다. 태평양전쟁 막바지에 전세가 기운 일본은 땅굴을 파고 들어가 1억 총옥쇄를 외치며 끝까지 항전하기로 했지만 히로시마와 나가사키에 원자폭탄을 맞고 항복했다. 우리로서는 40년 넘는 가혹한 식민지배가 끝나는 순간이고 일본으로서는 광기의 전쟁에서 패하는 순간이었다. 아울러 제대로 평가하고 청산하지 못한 역사 때문에 지금까지 계속되고

히로시마 원폭돔

한국인 원폭희생자 위령비.
원폭 투하 당시 히로시마에는 조선인 10만 명이 살고 있었는데
그중 2만 명이 희생됐다.

한국인 원폭희생자 위령비는 히로시마 평화기념공원의
구석진 공중화장실 옆에 세워져 있다.

있는 한일 역사 갈등이 시작된 순간이기도 하다.

히로시마 평화기념공원에 들어서는 순간 곳곳에 세워져 있는 위령비와 평화기념비 등이 보였다. 하나같이 원폭 피해와 일본의 희생을 강조하고 있는 조형물들이었다. 원폭돔 주위는 전 세계에서 온 관광객, 특히 서양인 관광객으로 발 디딜 틈이 없었다. 원폭돔 앞 가장 잘 보이는 자리에 위령비가 있고 그 옆으로 세계문화유산 등재 기념비가 있다. 전쟁이 얼마나 참혹한 것인지, 또 원자폭탄이 얼마나 참혹한 것인지 알려주는 곳인 만큼 이곳을 세계문화유산에 등재한 것에 불만은 없다. 하지만 사도광산, 군함도 등 강제동원의 역사를 부정하고 왜곡하고 있는 곳의 세계문화유산 등재는 절대 받아들일 수 없다.

태평양전쟁 당시 히로시마에는 조선인 10만 명이 살고 있었다고 한다. 1945년 8월 6일 떨어진 원자폭탄으로 20만 명이 희생됐는데 이 중 2만 명이 조선인이었다. 히로시마의 조선인 5명 중 1명이 숨진 것이다. 이들을 기리기 위한 위령비도 히로시마 평화기념공원에 세워져 있다. 구글맵의 도움을 받아 어렵게 찾아간 위령비는 공원 구석의 공중화장실 옆에 모셔져 있었다. 처음 재일한국청년상공인연합회를 비롯한 교민들이 돈과 정성을 모아 1970년에 위령비를 세운 자리는 이곳이 아니었다고 한다. 1999년 평화기념공원이 조성되면서 이곳으로 옮겼다고 하는데 일부러 공중화장실 옆에 세웠는지, 공중화장실을 나

중에 설치했는지는 알 수 없으나 일본인 희생자 위령탑이라면 이곳에 그대로 두었을까를 생각하니 불쾌하기는 마찬가지다. 나가사키 평화기념공원에 있는 조선인 위령비도 공중화장실 옆이라고 하니 뭔가 의도가 있지 않은지 의심할 수밖에 없다. 이런 사실을 방치하고 있는 우리 정부의 외교에도 한숨만 나올 뿐이다.

일요일이라 그런지 히로시마 평화기념공원에는 일본의 전국 각지에서 온 중, 고등학생들도 꽤 많았다. 교복을 단정하게 차려입은 학생들은 교사의 설명을 들으며 원폭돔을 보고 평화기념공원 곳곳을 관람하고 있었다. 학생들은 이곳에서 가해자로서의 역사를 배울까, 피해자로서의 역사를 배울까.

히로시마 평화기념공원을 찾은 일본의 청소년들은
과연 어떤 역사를 배울까.

# 23
# 일
# 차

2024년 5월 20일

누적 이동거리

5832.0km

## • 긴타이교錦帯橋

일본일주가 끝을 향해 가고 있다. 출발지인 시모노세키까지는 얼마 남지 않았다. 오늘은 시모노세키와 같이 야마구치현에 속한 우베에서 하루를 머물기로 했다. 우베에 가기 전에 들러야 할 곳이 두 곳 더 있다. 일본의 3대 명교 중 하나라는 긴타이교(錦帯橋)가 호텔에서 50km 정도밖에 떨어져 있지 않아 잠깐 구경하고 가기로 했다.

1673년에 세워진 긴타이교는 나무로 만든 아치형 다리인데 직접 보니 가히 일본의 3대 명교라고 할 만큼 아름다웠다. 긴타이교란 비단혁대다리라는 뜻인데 중국 항저우시의 시호에 있는 금대교를 모델로 만들었다고 한다. 상판을 지지하는 다리는 돌을 쌓아 만들었는데 목재 상판과 돌이 어우러진 아치형의 다리는 오랜 세월에 풍화되면서 아름다움과 멋스러움을 함께 갖추고 있었다.

일본 3대 명교 중 하나로 꼽히는 긴타이교

## • 이와쿠니 아타고산 지하 비행기 공장 岩国愛宕山地下飛行機工場

이 멋진 다리가 있는 이와쿠니는 태평양전쟁 당시 일본 해군의 군수 공장이 있던 곳이다. 미군의 일본 본토 공습이 본격화하면서 일본은 전국의 군수 공장들을 지하화했고, 긴타이교에서 4km 떨어진 아타고산 일대 지하에는 해군 비행기 공장이 만들어졌다. 월 40대의 비행기를 만들 계획으로 1945년 1월 완공됐지만 1호기를 만들던 중 전쟁이 끝났다. 현재 미나미이와쿠니라는 마을의 미도리가오카공원이 당시 해군 비행기 공장이 있던 곳이다. 지금은 안전 문제로 폐쇄된 데다가

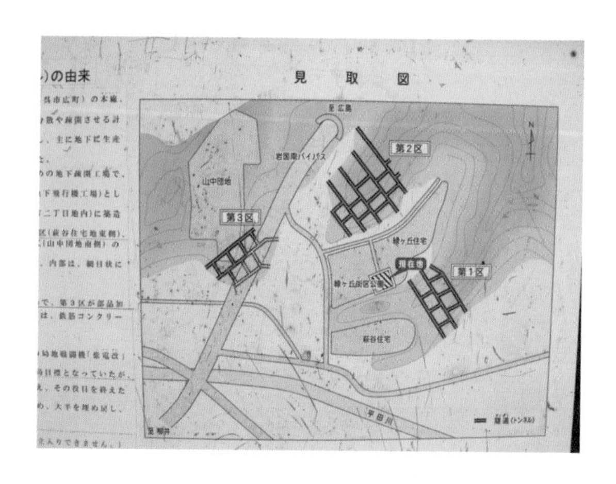


검은색의 사다리처럼 보이는 곳이
지하 공장이다.

사유지가 있어 공장의 흔적을 직접 볼 수는 없지만 공원에 안내판이 있어 당시 상황을 설명해 주고 있다. 최근에는 공사에 동원됐던 조선인과 희생자의 명단이 발견되면서 한일 양국에서 조사와 연구가 진행되고 있다고 하니 반가운 일이다.

아타고산 지하 공장이 있던 곳.
태평양전쟁 말기 일본은 이 야산에 땅굴을 파고
해군 전투기 공장을 만들었다.

• **조세이탄광 추도 광장**長生炭鉱追悼ひろば

이와쿠니에서 우베까지는 100km가 조금 넘는다. 쉬엄쉬엄 쉬면서 가도 2시간 반이면 닿을 거리라서 한결 마음이 가벼웠다. 우베시 도코나미항 인근에 조세이탄광 추도 광장이 있다. 조세이탄광은 해저탄광으로 1912년부터 석탄 채굴이 시작되면서 수많은 조선인이 동원됐다. 조선인이 하도 많아서 당시에는 조선탄광으로 불렸다고 한다.

비극은 1942년 2월 3일의 이른 아침에 일어났다. 해저탄광으로 바닷물이 유입되면서 갱도가 무너져 183명이 그대로 수몰됐는데 이 가운데 136명이 조선인이었다. 1990년대 들어 현지 시민들이 '조세이탄광의 수몰 사고를 역사에 새기는 모임'을 만들어 진상 조사에 나섰고, 한국의 유족들과 교류하며 2013년 이 광장을 만들었다. 지금도 정기적인 추도 행사와 교류를 이어가고 있다고 하는데, 그래서인지 지금까지 본 추도 시설 가운데 가장 잘 정비돼 있었다.

조세이탄광 수몰사고희생자 추도비.
희생자 183명 중 136명이 조선인이고
47명이 일본인이었다.

• **조세이탄광 피야**長生炭鉱ピーヤ

추도광장에서 1km쯤 떨어진 바닷가에 가면 해수면 위에 솟아있는 원통형 구조물 두 개가 보인다. 해저 환기 시설, 그러니까 탄광 노동자들의 숨구멍이었던 피야라는 시설이다. 피야 아래의 바다 밑에는 아직 183명의 유해가 묻혀 있다. 두 나라 정부가 침묵하고 있는 사이 '역사를 새기는 모임' 을 필두로 두 나라 시민들의 노력은 계속되고 있다. 크라우드 펀딩을 통해 자금을 모았고 유해 발굴을 위한 기초 조사를 광복 79주년인 2024년에 시작했다.

해저탄광 환기 시설인 피야.
바다 밑에서 석탄을 캐던 사람들의
숨구멍이었다.

# 24 일차

2024년 5월 21일
누적 이동거리
6008.4km

아키요시다이카르스트.
드넓은 산지에 석회암 바위가 흩뿌려져 있다.

---

한 달 가까이 함께 달리다 보니
오토바이가 친구처럼 느껴진다.

• 아키요시다이카르스트秋吉台カルスト・츠노시마대교角島大橋

드디어 일본일주의 출발지였던 시모노세키로 돌아가는 날이다. 호텔에서 바로 가면 50km도 되지 않는 거리지만 일부러 먼 길을 돌아가 보기로 했다. 어제 옛날 기술로 만든 긴타이교를 봤으니 요즘 기술로 만든 츠노시마대교를 보고 갈 계획이었다. 일본의 국립공원인 아키요시다이카르스트를 지나 츠노시마대교를 거쳐 시모노세키로 가면 170km, 바로 가는 길에 비해 세 배 이상 먼 길이지만 그럴 만한 가치가 있다.

카르스트는 넓은 평원에 석회석 바위가 흩어져 있는 지형을 말한다. 일본의 3대 카르스트 지형으로는 규슈의 히라오다이, 시코쿠의 시코쿠카르스트, 그리고 아키요시다이를 꼽는다. 날씨까지 기가 막히게 좋아서 웅장하고 신기한 풍경을 볼 수 있었다. 말이 필요 없는 대자연의 신비 바로 그 자체다. 아키요시다이카르스트가 대자연이 빚어낸 장관이라면 츠노시마대교는 인간이 만들어낸 장관이다. 육지에서 츠노시마섬을 잇는 2km의 다리가 파란 하늘과 옥빛 바다 사이를 가로지르고 있었다.

츠노시마대교.
아름다운 풍경 덕분에 영화, 광고 촬영지로 유명하다.

## • 간몬터널 關門トンネル

일본일주를 시작한 지 23일 만에 드디어 출발지인 시모노세키로 돌아왔다. 돌아오자마자 제일 먼저 간몬터널에 갔다. 일본일주 첫날 야하타제철소로 가기 위해 통행료 2백 엔을 내고 건넜던 그 터널이다. 그때는 차가 다니는 터널이었지만 이번에는 혼슈와 규슈 사이의 간몬해협 밑을 걸어서 건널 수 있는 곳을 답사하러 왔다. 시모노세키 쪽 입구에서 엘리베이터를 타고 지하로 내려가면 터널 입구가 나온다. 후텁지근한 터널을 걸어서 키타큐슈 쪽 입구로 나오니 거센 조류가 흐르는 간몬해협과 바다 위를 가로지르는 간몬교가 한눈에 들어온다.

간몬교 아래 바다 밑에 간몬터널이 있다.

関門隧道建設の碑

建設大臣　根本龍太郎

関門海峡早鞆の瀬戸はその幅僅か七〇〇メートルに過ぎないが瀬戸内海の咽喉部に位置するため潮の流れが速く本州と九州との隔たりを一層遠いものにしていた
これを海底隧道によって直接結ぶことは国民の久しく念願していたところであって自動車交通の発達に伴い道路隧道の建設なる関門が望まれること切なるものがあった
昭和の初年国道をもってこれを結ぶことが企図され昭和十四年先ず試掘隧道を完成し引き続いて同年から十箇年継続事業として本隧道に着工した
たまたま第二次世界大戦に際会し工事は困難を極めたが昭和十九年十二月全線の導坑を貫通した
しかるに同二十年六七月相つぐ戦災を蒙り工事は一時休止するのやむなきに至り工事再開の目途のみたないまま六年間の維持工事を行うに止まった
昭和二十七年に至って道路整備特別措置法による有料道路として工事を再開し同三十三年三月九日開通の運びとなったものである
着工以来実に二十有一年我が国土木技術の粋と人の和によって築かれた画期的大事業であってその間建設に従事した者四百五十万人職に殉じた者五十三人総工事費五十七億円の多きに達している
かくてここに国民の久しい間の夢が実現したのであるがこの隧道の開通により先に完成した鉄道隧道と相まって本州と九州との結びつきが一層緊密となり日本民族の繁栄に寄与するところ極めて大なるものがあると信ずるここに関門隧道の竣功にあたり建設の碑を建てる
昭和三十三年三月

간몬터널 건설의 비.
우연히 발생한 전쟁 때문에 공사가 늦어졌다는
표현에 말문이 막혔다.

간몬터널은 1939년 착공해 1958년에 완공됐다. 입구 옆에 세워진 '간몬터널 건설의 비'는 공사가 늦어진 이유를 '우연히 발생한 전쟁 때문'이라고 설명하고 있다. 우연히? 그 전쟁을 누가 일으켰나? 잠시 역사를 되짚어 보자. 1937년 일본이 중일전쟁을 일으켜 난징대학살 등 잔악한 전쟁범죄를 저지르자 미국은 일본에 대한 석유 수출을 전면 금지했다. 위기에 몰린 일본이 1941년 미국의 진주만을 공격하면서 시작된 태평양전쟁은 1945년 일본의 항복으로 끝났다. 그런데도 우연히 발생한 전쟁 때문에 간몬터널 공사가 늦어졌다고 설명하는 문구를 보는 순간 머릿속이 복잡해졌다. 부끄러운 역사를 감추고 왜곡하려는 그들의 뻔뻔한 행태에 분노가 치밀어오르면서 한편으로는 한심하고 가엾다는 생각마저 들었다.

780m 길이의 도보 터널.
혼슈와 규슈를 연결하고 있다.

간몬터널은 전쟁 수행을 위한 시설임이 명백하다. 당시 전쟁 물자와 인력의 주요 수송길이었던 간몬해협이 미군의 공격으로 봉쇄되자 해저터널을 뚫었던 것이다. 이 공사에도 역시 수많은 조선인이 강제동원돼 숱하게 희생됐지만 일본 정부는 아직도 인정하지 않고 있다. 전쟁이 한창이던 1939년에 시작된 공사에 조선인을 강제동원하지 않았다는 말을 어떻게 믿을 수 있겠는가.

### • 똥굴동네トングルドンネ

시모노세키의 관문인 국제페리여객터미널에서 JR시모노세키역까지는 고가보도가 설치되어 있어 걸어서도 이동이 쉽다. 호텔과 식당 등 편의시설도 근처에 밀집돼 있어 대부분의 관광객들이 모이는 곳이다. 고가보도를 걸어 시모노세키역을 지나면 익숙한 모양의 전통문이 보인다. 가까이서 보니 '부산문' 이라는 현판이 걸려 있다. 바닷길로 연결된 부산과 시모노세키는 자매결연 도시다.

부산문을 지나 고가보도를 내려오면 낡은 상점가가 나오고 그 상점가를 지나 700m 정도만 걸어가면 언덕 위 마을이 보인다. 행정구역상 칸다초라고 부르는 지역으로 해방 이후 형성된 조선인 집단거주지역이다. 이곳을 시모노세키 사람들은 '똥굴동네' 라고 부른다. 똥냄새

JR시모노세키역 앞 보도교에는
부산문이 있고 부산문 너머에 똥굴동네가 있다.

나는 더러운 곳이라는 뜻의 멸칭이다. 해방 이후 고향으로 돌아가기 위해 시모노세키로 모인 조선 사람들이 이런저런 사정으로 머물게 됐고 가축분뇨처리장, 쓰레기장이 있는 언덕에 하나둘씩 판잣집을 짓고 살기 시작하면서 조선인 집단거주지가 된 것이다. 세월이 흘러 옛 모습이 많이 사라졌다고 하지만 아직도 곳곳에 낡은 판잣집들이 남아 있고 후손들이 살고 있다. 당시 똥굴동네 주민들의 삶에 구심점이 됐다는 조선인 교회도 아직 남아 있다.

재일대한기독교 시모노세키교회.
똥굴동네 조선인들의 삶에 구심점 역할을 했던 곳이다.

조선인 집단거주지역은 일본 전역에서 찾을 수 있다. 내가 지나온 오카야마현 쿠라시키의 미즈시마도 조선인 집단거주지였고, 예능 방송에 나와 유명해진 교토의 우토로마을도 그렇다. 한류 열풍으로 도쿄의 신오쿠보와 함께 일본의 대표 한류 거리로 불리는 오사카의 츠루하시시장은 해방 이후 조선인들이 모여 살며 형성된 암시장이 시초였다. 조선인 집단거주지역은 지금도 일본에서 슬럼가의 대명사로 인식되고 있다. 시종일관 조롱과 멸시의 시선으로 조선인 집단거주지역이 있던 곳을 찾아다니는 일본인들의 영상을 유튜브에서 어렵지 않게 찾아볼 수 있다. 모든 조선인 집단거주지가 다 저마다의 사연을 갖고 있겠지만 나는 똥굴동네가 가장 애달프다. 일제강점기 일본에 끌려와 처음 도착한 곳이 시모노세키였고, 해방 이후에는 지척에 고향으로 가는 뱃길이 있지만 갈 수 없어 애를 태워야 했던 곳이기 때문이다.

# 25 일차

2024년 5월 22일
누적 이동거리
6103.2km

중일전쟁과 태평양전쟁 당시 모지코 1안벽에서 일본군 2백만 명이 세계 각지의 전장으로 보내졌고 이 중 백만 명이 전사했다. 전사자 가운데 조선인은 몇 명이었을까.

혼슈에서 규슈로 조선인들을 실어 나르던
간몬연락선은 이제 간몬기선이라는 이름으로
관광객들을 실어 나른다.

## • 모지코門司港

일본일주의 마지막 답사지는 후쿠오카현 키타큐슈시의 모지코다. 19세기 말부터 20세기 초까지의 문물을 재현해 놓은 모지코레트로가 유명세를 타면서 최근 관광지로 급부상해 한국인에게도 잘 알려진 곳이다. 조선인 강제동원 루트에서 모지코는 시모노세키만큼이나 중요한 의미를 지닌 곳이다. 조선 각지에서 끌려온 강제동원자들은 관부연락선을 타고 시모노세키항을 통해 일본에 도착했다. 시모노세키에서는 간몬연락선에 실려 모지코로 이동한 뒤 규슈 곳곳의 탄광이나 건설 현장 등으로 끌려갔다. 강제동원뿐만이 아니었다. 태평양전쟁 때는 군대에 끌려온 조선 청년들이 모지코를 통해 남방과 중국 대륙의 전쟁터에 총알받이로 끌려갔다.

간몬연락선은 지금 간몬기선이라는 이름으로 혼슈와 규슈를 오가며 관광객을 실어 나르고 있다. 식민지 조선인들을 끌고 갔던 뱃길 그대로다. 시모노세키 가라토시장 근처 선착장에서 모지코 선착장까지는 5분밖에 걸리지 않는다. 모지코 선착장 뒤편에는 모지코출정비가 있다. 일본이 만주사변을 일으켰던 1931년부터 태평양전쟁이 끝날 때까지 모지코를 통해 2백만 명 이상이 동남아시아와 중국 등의 전쟁터로 보내졌고, 이 중 절반이 전사했다는 글이 사진과 함께 새겨져 있다. 하지만 글 어디에도 남의 전쟁에 끌려가 억울하게 희생된 조선인의

모지코 출정비

이야기는 찾아볼 수 없다.

모지코 출정비 옆에는 출정군마 음수대가 있다. 1931년부터 1945년까지 일본 전국에서 말 백만 필이 징발돼 모지코에서 전쟁터로 보내졌는데 그 말들에게 마지막으로 물을 먹이던 곳이다. 안내판에는 일본으로 돌아오지 못하고 전쟁터에서 죽은 말들에 대한 가슴 아련한 표현들이 적혀 있다. 말도 이렇게 추모를 받는데 억울하게 죽어 간 조선인들은 누가 기억하고 추모하고 있을까.

출정군마 음수대

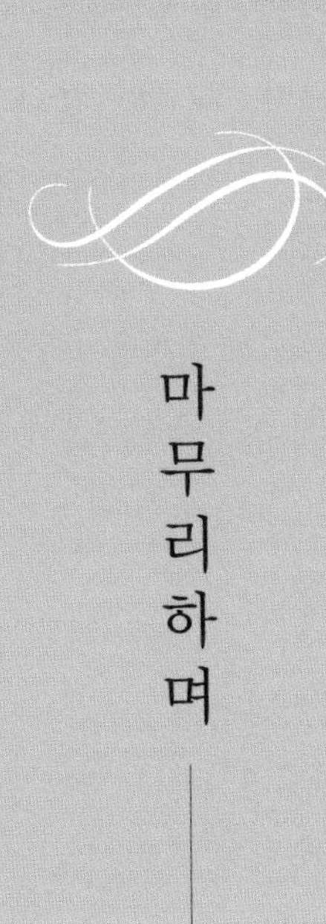

# 마무리하며

2024년 5월 23일 정오, 시모노세키 국제여객선 터미널 차량 선적 대기장에 오토바이를 세웠다. 그동안 달린 거리를 확인해 보니 6,107.8km다. 처음 계획을 세울 때 5,000km 정도를 예상했었는데 그보다 1,000km 이상을 더 달린 것이다. 참 많이도 달렸다. 무엇보다 아무런 사고 없이 건강하게 계획한 일정을 마무리했다는 사실이 너무나도 기쁘고 뿌듯했다. 출발하기 전에 SNS를 통해 많은 분들의 응원과 격려를 받은 것이 큰 도움이 되었다. 어렵고 힘들 때마다 응원과 격려를 떠올리며 힘을 낼 수 있었다.

25일 동안 일본 본토 최남단인 사타곶에서 최북단인 소야곶까지 4개 섬을 돌며 조선인 강제동원 관련 유적 40여 곳을 답사하고 사진으로 기록했다. 일본 각지에 흩어져 있는 강제동원의 흔적을 25일 만에 전부 찾아볼 수는 없으니 이번 일주는 사전 답사라 생각하고 앞으로 한국과 일본의 과거사에 대한 사진 기록작업을 계속하기로 마음 먹었다.

이번 일주를 통해 그동안 미디어와 책, 논문, 영상 등으로만 접했던 강제동원의 역사를 좀 더 구체적으로 이해할 수 있게 됐다. 하나의 프로젝트를 마무리할 때면 늘 드는 생각이지만 이번 일본일주 역시 좀 더 꼼꼼하고 치밀하게 준비했더라면 더 많은 것을 보고 느낄 수 있었을 것이라는 아쉬움이 남는다. 특히 그동안 조선인 강제동원의 역사를 알리고 기념하는 데 헌신해 온 일본 시민들을 만났더라면 더 깊이 있는 결과를 얻을 수 있지 않았을까 하는 아쉬움이 크다.

이 책의 원고를 1차로 탈고한 날이 79주년 광복절이었다. 독립운동의 역사를 스스로 부정하고 현대판 내선일체를 추종하는 세력들이 광복절의 가치를 헌신짝처럼 던져 버렸던 바로 그날이었다. 원고를 마무리하면서 가슴 깊이 끓어올랐던 분노를 지금도 잊을 수 없다. 매듭짓지 못한 과거는 끊임없이 현재를 압박하고 미래의 발목을 잡는다. 단재 신채호 선생님의 말씀을 끝으로 조선인 강제동원 흔적 찾아 일본일주의 기록을 마무리한다. "역사를 잊은 민족에게 결코 미래는 없다."

간몬기선을 타고 시모노세키에서
키타큐슈로 건너가는 것으로 일본일주를
마무리했다.

# 답사지 위치

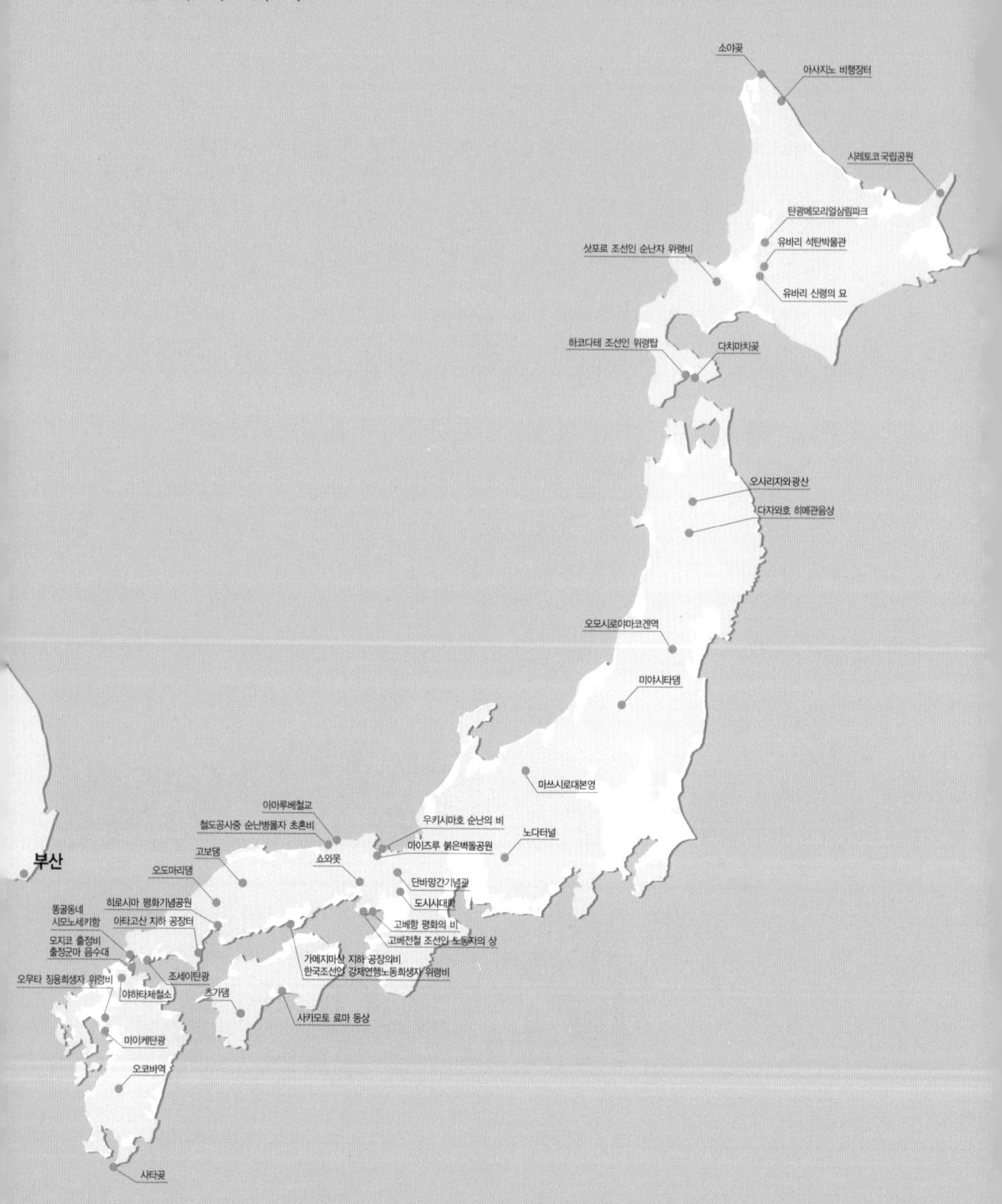

소야곶
아사지노 비행장터
시레토코 국립공원
탄광메모리얼삼림파크
유바리 석탄박물관
삿포로 조선인 순난자 위령비
유바리 신령의 묘
하코다테 조선인 위령탑
다치마치곶
오사리자와광산
다자와호 히메관음상
오모시로야마코겐역
미야시타댐
마쓰시로대본영
아마루베철교
철도공사중 순난병몰자 초혼비
우키시마호 순난의 비
마이즈루 붉은벽돌공원
노다터널
고보댐
쇼와못
부산
오도마리댐
단바망간기념관
도시샤대학
히로시마 평화기념공원
똥굴동네
시모노세키항
아타고산 지하 공장터
고베항 평화의 비
모지코 출정비
출정군마 음수대
고베전철 조선인 노동자의 상
가메지마산 지하 공장의비
한국조선인 강제연행노동희생자 위령비
조세이탄광
오무타 징용희생자 위령비
야하타제철소
츠가댐
사카모토 료마 동상
미이케탄광
오코바역
사타곶

## ● 1일 차

- **야하타제철소(八幡製鐵所)**
  후쿠오카현 키타큐슈시 야하타히가시구 히가시다 2-3-12
  / 구글맵 33.86977692200055, 130.80554734101904

- **다가와 석탄기념공원(田川市石炭記念公園)**
  후쿠오카현 다가와시 이타 2734-1
  / 구글맵 33.64089608274109, 130.81388108649378

- **미이케탄광(三池炭鉱)**
  후쿠오카현 오무타시 미야하라마치 1-86-3
  / 구글맵 33.01381966696918, 130.45606286338793

- **오무타 징용희생자 위령비(大牟田市徵用犧牲者慰靈碑)**
  후쿠오카현 오무타시 아마기산
  / 구글맵 33.06789540202262, 130.46149844355006

## ● 2일 차

- **사타곶(佐多岬)**
  가고시마현 사타미사키 관광 안내소
  / 구글맵 30.999644127369482, 130.66349104872899

## ● 3일 차

- **오코바역(大畑駅)**
  구마모토현 히토요시시 오노마치
  / 구글맵 32.16479864250851, 130.78765326662295

## ● 4일 차

- **츠가댐(津賀ダム)**
  고치현 다카오카군 시만토초
  / 구글맵 33.26252325941316, 132.96703099492686

## 5일 차

- 고치현 가쓰라하마공원 사카모토 료마 동상
  고치현 고치시 우라도
  / 구글맵 33.4986257565126, 133.57548212451795
- 가메지마산 지하 공장터(龜島山地下工場趾)
  오카야마현 쿠라시키시 묘진초 미즈시마 3
  / 구글맵 34.5317154433607, 133.731044493904
- 한국·조선인 강제연행노동희생자 위령비
  (韓国·朝鮮人强制連行勞動犧牲者慰靈碑)
  오카야마현 쿠라시키시 묘진초 미즈시마 1-60
  / 구글맵 34.530336954044316, 133.73151299888497

## 6일 차

- 아마루베철교(余部橋梁)
  효고현 미카타군 카미초 카스미구 아마루베 1723-4
  / 구글맵 35.649144556019145, 134.56008204035496
- 철도공사중 순난병몰자 초혼비(鐵道工事中殉難病沒者招魂碑)
  효고현 미카타군 신온센초 쿠타니 412 하치만신사
  / 구글맵 35.626451624576376, 134.51660649698422
- 우키시마호(浮島丸) 폭침 사건 순난의 비
  교토부 마이즈루시 사바카
  / 구글맵 35.504196583316435, 135.35769785373628

## 7일 차

- 노다터널(野田トンネル)
  기후현 나카쓰가와시 아기
  / 구글맵 35.406540662764186, 137.45733550270813

## 8일 차

- 비너스라인
  나가노현 치노시 비너스라인 출발점
  / 구글맵 35.998374427289434, 138.1428837729946

- **마쓰시로대본영(松代大本營)**
  나가노현 니시조 마쓰시로마치 479-11
  / 구글맵 36.555695712395256, 138.19716836973555

## 9일 차

- **미야시타댐(宮下ダム)**
  후쿠시마현 오누마군 미시마초 구와노하라
  / 구글맵 37.463305666678025, 139.63180457892437

- **오모시로야마코겐역(面白山高原駅)**
  야마가타현 야마가타시 야마데라
  / 구글맵 38.332834062854516, 140.49640972693427

## 10일 차

- **다자와호 히메관음상(田沢湖 姫觀音像)**
  아키타현 센보쿠시 다자와코
  / 구글맵 39.74804041208372, 140.6763695934132

## 11일 차

- **오사리자와광산(尾去沢 鉱山)**
  아키타현 카즈노시 오사리자와 시시자와 13-5
  / 구글맵 40.18631202716839, 140.7482210544029

## 12일 차

- **하코다테 조선인 위령탑(函館朝鮮人慰靈塔)**
  홋카이도 하코다테시 후나미초 27
  / 구글맵 41.764115667063614, 140.69514217182558

- **다치마치곶(立待岬)**
  홋카이도 하코다테시 스미요시초 9-9
  / 구글맵 41.74561419302431, 140.72102910055472

## 13일 차

- **유바리 신령의 묘(夕張 神靈之墓)**
  홋카이도 유바리시 스에히로 1-107
  / 구글맵 43.04934108628009, 141.9639128905394
- **유바리시 석탄박물관(夕張市 石炭博物館)**
  홋카이도 유바리시 다카마쓰 7
  / 구글맵 43.068397003778614, 141.9891159155902
- **탄광메모리얼삼림공원(炭鉱メモリアル森林公園)**
  홋카이도 비바이시 히가시비바이초
  / 구글맵 43.33308225089793, 141.96838476211042
- **소야곶(宗谷岬)**
  홋카이도 왓카나이시 소야미사키 3
  / 구글맵 45.52288716354754, 141.93658965521846

## 14일 차

- **구 일본 육군 아사지노 비행장터(旧日本陸軍浅茅飛行場趾)**
  홋카이도 소야군 사루후쓰무라
  / 구글맵 45.190789551283125, 142.25612059260018

## 16일 차

- **삿포로 조선인 순난자 위령비(札幌朝鮮人殉難者慰靈碑)**
  홋카이도 삿포로시 니시구 헤이와 435
  / 구글맵 43.053876966424646, 141.22227052365162

## 18일 차

- **마이즈루 붉은벽돌공원(舞鶴赤れんがパーク)**
  교토부 마이즈루시 키타수이 1039-2
  / 구글맵 35.47467490083066, 135.38543382858433
- **단바망간기념관(丹波マンガン記念館)**
  교토부 교토시 우쿄구 케이호쿠시모나카초 니시오타니 45
  / 구글맵 35.19894058622025, 135.65004656391753

## 19일 차

- **도시샤대학 윤동주 시비(同志社大学 尹東柱 詩碑)**
  교토부 교토시 카미교구 도시샤대학
  / 구글맵 35.030089417749934, 135.76068880390935

## 20일 차

- **쇼와못(昭和池)**
  효고현 가토시 야마구치
  / 구글맵 34.937829942781676, 135.01947935804395
- **고베전철 부설공사 조선인 노동자의 상(神戸電鉄敷設工事朝鮮人労働者の像)**
  효고현 고베시 효고구 에게야마초 1-13
  / 구글맵 34.68033562544066, 135.1590712776471

## 21일 차

- **고베항 평화의 비(神戸港平和の碑)**
  효고현 고베시 추오구 카이간도리 3-1
  / 구글맵 34.685869286410636, 135.18728739466678

## 22일 차

- **고보댐(高暮ダム)**
  히로시마현 쇼바라시 타카노초
  / 구글맵 34.995515436326826, 132.7951507908629
- **오도마리댐(王泊ダム)**
  히로시마현 야마가타군 키타히로시마 호소미
  / 구글맵 34.69842658515951, 132.3132174252953
- **히로시마 평화기념공원(広島平和記念公園)**
  히로시마현 히로시마시 나카구 오테마치 1-10
  / 구글맵 34.39547264459959, 132.45359525640856

## ● 23일 차

- **긴타이교(錦帯橋)**
  야마구치현 이와쿠니시
  / 구글맵 34.167566860612986, 132.17840097282394
- **이와쿠니 아타고산 지하 비행기 공장(岩国愛宕山地下飛行機工場)**
  야마구치현 이와쿠니시 미나미이와쿠니마치 2-29
  / 구글맵 34.138845174464976, 132.19937437691394
- **조세이탄광 추도 광장(長生炭鉱追悼ひろば)**
  야마구치현 우베시 토코나미 1-23-8
  / 구글맵 33.94992031173056, 131.30593169013915

## ● 24일 차

- **아키요시다이카르스트(秋吉台カルスト)**
  야마구치현 미네시
  / 구글맵 34.25593725229327, 131.31698275542556
- **츠노시마대교(角島大橋)**
  야마구치현 시모노세키시 호오호쿠초 칸다
  / 구글맵 34.347670089717774, 130.894851461772
- **간몬터널(関門トンネル)**
  야마구치현 시모노세키시 미모스소가와초 22-34
  / 구글맵 33.965399333445, 130.95615503350123
- **똥굴동네(トングルドンネ)**
  야마구치현 시모노세키시 히가시칸다초 5-6
  / 구글맵 33.96071995746201, 130.9261658448167

## ● 25일 차

- **모지코(門司港)**
  후쿠오카현 키타큐슈시 모지구 니시카이간 1-4-1
  / 구글맵 33.94601570331201, 130.96077063273626